等生

The irregular
at magic high school
Plan to Assassinate Tatsuya Shiba

# 暗殺計畫 1

佐島 勤
Tsutomu Sato

illustration／石田可奈
Kana Ishida

某個超乎常理的少年，

某個暗殺者的少女。

從兩人邂逅的那一刻起，

**命運的齒輪將**

**朝著更為離奇的方向開始轉動——**

Kadokawa Fantastic Novels

# Character
## 登場角色介紹

### 榛 有希

以暗殺為業的少女。
看起來年幼，卻是比司波達也
大兩歲的十七歲。
「身體強化」的超能力者。
識別代號是「Nut」。

### 鱷塚單馬

有希的搭檔兼照顧者。
執行暗殺任務時
大多全程在後方支援。
識別代號是「Croco」。

### 兩角來馬

擔任殺手組織「亞貿社」社長的老人。
他自己也擁有千里眼的特異能力，
是「不算魔法師的忍者」。

## 司波達也

西元二〇九四年的現在是國中三年級。
有希遭遇的魔法師少年。
將妹妹深雪視為必須保護的存在。

## 司波深雪

西元二〇九四年的現在是國中三年級。
溺愛哥哥達也。
擅長冷卻魔法。

## 黑羽文彌

達也與深雪的從表弟。
和姊姊亞夜子是雙胞胎。
進行作戰行動時是使用
「闇」這個識別代號來稱呼。

## 藤林響子

擔任風間副官的女性軍官。
階級為少尉。

## 黑川白羽

黑羽家旗下的魔法師。
以特務員身分輔助文彌。
甲賀二十一家的後裔。

# Glossary
## 用語解說

### 亞貿社
以超能力者、忍者組成的殺手組織。雖然是犯罪結社，
卻標榜「制裁無法以法律制裁的惡徒」理念。社長是兩角來馬。

### 超能力者
擁有身體強化等異能之人的總稱。
原先魔法在受到確認的當初，其能力被稱作超能力。
而在西元2094年的現在，多數超能力者成為魔法師。

### 魔法科高中
國立魔法大學附設高中的通稱，全國總共設立九所學校。
其中的第一至第三高中，每學年招收兩百名學生，並且分為一科生與二科生。

### 花冠、雜草
第一高中用來形容一科生與二科生階級差異的隱語。
一科生制服的左胸口繡著以八枚花瓣組成的徽章，不過二科生制服沒有。

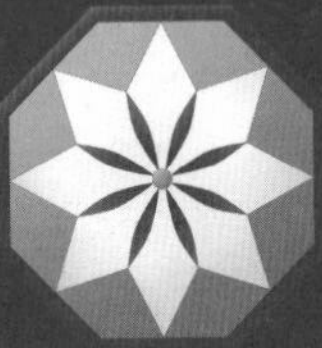
一科生的徽章

### CAD
簡化魔法發動程序的裝置，內部儲存使用魔法所需的程式。分成特化型與泛用型，外型也是各有不同。

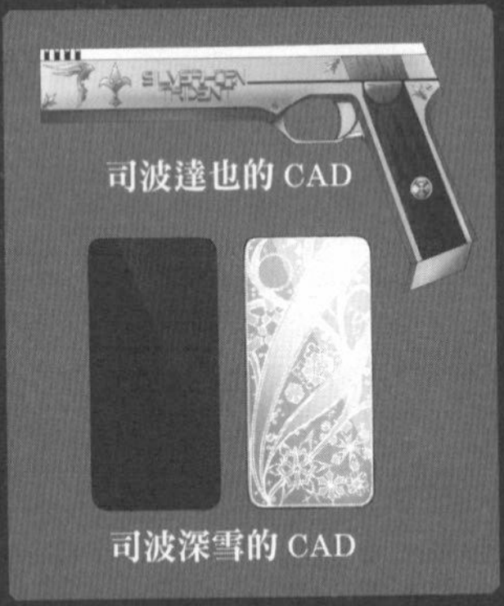
司波達也的CAD

司波深雪的CAD

### Four Leaves Technology〔FLT〕
國內一家CAD製造公司。原本該公司製造的魔法工學零件比成品有名，但在開發「銀式」之後，搖身一變成為知名的CAD製造公司

### 托拉斯・西爾弗
短短一年就讓特化型CAD的軟體技術進步十年而為人所稱頌的天才技師。

### Eidos〔個別情報體〕
原為希臘哲學用語。在現代魔法學中，個別情報體指的是「伴隨事物現象而來的情報」，是「事象」曾經存在於「世界」的紀錄，也可以說是「事象」留在「世界」的足跡。依照現代魔法學的定義，「魔法」就是修改個別情報體，藉以改寫個別情報體所代表的「事象」的技術。

### Idea〔情報體次元〕
原為希臘哲學用語。在現代魔法學之中，情報體次元指的是「用來記錄個別情報體的平台」。魔法的原始形態，就是將魔法式輸入這個名為「情報體次元」的平台，改寫平台裡「個別情報體」的技術。

### 啟動式
為魔法的設計圖，用來構築魔法的程式。
啟動式的資料檔案，是以壓縮形式儲存在CAD，魔法師輸入想子波展開程式之後，啟動式會依照資料內容轉換為訊號，並且回傳給魔法師。

## 想子

位於靈異現象次元的非物質粒子，記錄認知與思考結果的情報元素。
成為現代魔法理論基礎的「個別情報體」，成為現代魔法骨幹的「啟動式」和「魔法式」技術，都是由想子建構而成。

## 靈子

位於靈異現象次元的非物質粒子。雖然已經確認其存在，但是形態與功能尚未解析成功。
一般的魔法師，頂多只能「感覺到」活化狀態的靈子。

## 魔法師

「魔法技能師」的簡稱。
能將魔法施展到實用等級的人，統稱為魔法技能師。

## 魔法式

用來暫時改變伴隨事物現象而來的情報之情報體，由魔法師持有的想子構築而成。

## 魔法演算領域

構築魔法式的精神領域，也就是魔法資質的主體。該處位於魔法師的潛意識領域，魔法師平常可以意識到魔法演算領域並且使用，卻無法意識到內部的處理過程。對魔法師本人來說，魔法演算領域也堪稱是個黑盒子。

## 魔法式的輸出程序

❶從CAD接收啟動式，這個步驟稱為「讀取啟動式」。
❷在啟動式加入變數，送入魔法演算領域。
❸依照啟動式與變數構築魔法式。
❹構築完成的魔法式，傳送到潛意識領域最上層暨意識領域最底層的「基幹」，從意識與潛意識之間的「閘門」輸出到情報體次元。
❺輸出到情報體次元的魔法式，會干涉指定座標的個別情報體進行改寫。

「實用等級」魔法師的標準，是在施展單一系統暨單一工序的魔法時，於半秒內完成這些程序。

## 魔法的評價基準（魔法力）

構築想子情報體的速度是魔法的處理能力、
構築情報體的規模上限是魔法的容納能力、
魔法式改寫個別情報體的強度是魔法的干涉能力，
這三項能力總稱為魔法力。

## 始源碼假說

主張「加速、加重、移動、振動、聚合、發散、吸收、釋放」四大系統八大種類的魔法各自擁有正向與負向共計十六種基礎魔法式，以這十六種魔法式搭配組合，就能構築所有系統魔法的理論。

## 系統魔法

歸類為四大系統八大種類的魔法。

## 系統外魔法

並非操作物質現象，而是操作精神現象的魔法統稱。從使喚靈異存在的神靈魔法、精靈魔法，或是讀心、靈魂出竅、意識操控等等，包括的種類琳琅滿目。

## 十師族

日本最強的魔法師集團。一条、一之倉、一色、二木、二階堂、二瓶、三矢、三日月、四葉、五輪、五頭、五味、六塚、六角、六鄉、六本木、七草、七寶、七夕、七瀨、八代、八朔、八幡、九島、九鬼、九頭見、十文字、十山共二十八個家系，每四年召開一次「十師族甄選會議」，選出的十個家系就稱為「十師族」。

## 含數家系

如同「十師族」的姓氏有一到十的數字，「百家」之中的主流家系姓氏也有十一以上的數字，例如「『千』代田」、「『五十』里」、「『千』葉」家等等。
數字大小不代表實力強弱，但姓氏有數字就代表血統越純正，可以作為推測魔法師實力的依據之一。

## 失數家系

簡稱「失數」，是「數字」遭受剝奪的魔法師族群。
昔日魔法師被視為武器暨實驗樣本的時候，評定為「成功案例」得到數字姓氏的魔法師要是沒有立下「成功案例」應有的成績，就得接受這樣的烙印。

# The International Situation

## 2094年現在的世界情勢

以全球寒冷化為直接契機的第三次世界大戰——二十年世界連續戰爭大幅改寫了世界地圖。世界現狀如下所述：

USA合併了加拿大以及墨西哥到巴拿馬等各國，組成北美利堅大陸合眾國（USNA）。

俄羅斯再度吸收烏克蘭與白俄羅斯，組成新蘇維埃聯邦（新蘇聯）。

中國征服緬甸北部、越南北部、寮國北部以及朝鮮半島，組成大亞細亞聯盟（大亞聯盟）。

印度與伊朗併吞中亞各國（土庫曼、烏茲別克、塔吉克、阿富汗）以及南亞各國（巴基斯坦、尼泊爾、不丹、孟加拉、斯里蘭卡），組成印度、波斯聯邦。

亞洲阿拉伯其餘國家，分區締結軍事同盟，對抗新蘇聯、大亞聯盟以及印度、波斯聯邦三大國。

澳洲選擇實質鎖國。

歐洲整合失敗，以德國與法國為界分裂為東西兩側。東歐與西歐也沒能各自整合為單一國家，團結力甚至不如戰前。

非洲各國半數完全消滅，倖存的國家也只能勉強維持都市周邊的統治權。

南美除了巴西，都處於地方政府各自為政的小國分立狀態。

【1】

店家的照明，閃爍的招牌，路燈的光輝，將降臨的黑暗推回夜空。

不夜城。

如此稱呼的鬧區也有黑暗面。

雖然不是完全的漆黑，卻也沒有光明。

看不清誰是誰。

浪費在歡愉的人造光。背地裡持續的黃昏餘暉。

逢魔之時依然延續的異界。

無須奇蹟或是特別的儀式，只要行走就能抵達的異世界。

異於以法律支配的世界，無法之空間。

以「暴力」這個法則統治的大都會黑暗面，今晚也有相稱的猛獸昂首闊步。

◇　◇　◇

「Nuts to you！」

少女俯視倒臥在陰暗後巷的青年，以嘲諷語氣說出這段英文短句。

這句話通常翻譯為「說什麼傻話」或是「別胡鬧」，不過在早期的用法也有「去死吧」這個意思。

「Go to hell」應該比較適用於這種場合，但少女將「Nuts to you！」當成一種招牌台詞使用。

很難稱得上流暢的生硬發音。

不過暫且不提少女的英語能力，倒地的青年正如這句話所示，明顯受到致命傷。

青年被割破的喉頭冒出大量血液。

少女手握滴血的刀子。

不過，如果有人只目擊現在這個場面，肯定會這麼懷疑吧。

——真的是這個少女殺的嗎？

化為屍體的青年身高確實超過一八〇公分。肌肉的量看起來也至少匹配這樣的身材。

反觀少女頂多一五〇公分左右。包在牛仔褲管裡的雙腿很細，藏在皮外套底下的手臂，從偏窄的肩寬判斷也肯定嬌細吧。雖說手握凶器，卻不讓人認為足以殺害遠比她魁梧的青年。

不過，站在這裡的只有少女一人。

她以透露倔強個性的雙眼看著屍體，就這麼將刀子輕輕一揮。

大概是經過特殊加工的刀身，血輕易脫落。

少女將刀子折疊塞進牛仔褲右邊口袋，轉身背對屍體。

就這麼快步離去。

從設置車阻的行人專用道來到雙線道馬路。

這裡也在交通管制系統的有效範圍內，不過路肩停了一整排違法改裝關閉管制系統的汽車。

夜晚的這條街是一種無法無天的地區。只是違規停車的程度，不會激發警察的值勤動力。相對的，即使警官一時興起拖吊車輛，也沒有魯莽的年輕人會抱怨。彼此都不要做得太過火，大都會的光與暗便以這種方式共存。

少女只眺望車陣一次，就毫不猶豫走向灰色廂型車，直接打開副駕駛座車門上車。

「辛苦了，Nut。進行得怎麼樣？」

關上車門的同時，坐在駕駛座，從外表判斷約三十多歲的男性向少女搭話。

「主菜沒上。」

被稱為「Nut」的少女一反可愛的外表，以像是品行惡劣少年的語氣抱怨。

「領頭的少年進店裡了。」

駕駛座的男性以此做為開場白，告知某間夜店的店名。

「那年紀算是少年嗎？」

少女的回應是牛頭不對馬嘴，但她確實將男性提供的情報聽進去。

「店裡有金屬偵測器吧？」

少女說著將折疊刀遞給男性。

「嗯。」

男性收下折疊刀，相對遞給少女一根和髮夾成套的髮簪。

髮簪前端是扇形裝飾，還垂下一條以小扇子串成的裝飾繩。

「這根髮簪是樹脂做的，金屬偵測器不會起反應。抽掉裝飾繩，外層樹脂就會剝落，露出刀刃十公分長的短刀。」

「只有十公分？」

「當成推匕首就好吧？」

「刀刃不夠寬吧？」

「以妳的本事可以運用自如啦。啊，抽掉繩子十分鐘之後就會分解，小心點。」

男性不負責任的這番話，使得被稱為「Nut」的少女板起臉。

但她沒將髮簪退還給男性。

「……反正派不上用場的話，空手解決就好。」

她就這麼板著臉取下髮帶，綁成一條辮子的頭髮先解開之後俐落盤在頭上，以髮夾固定再插上髮簪。

駕駛座立刻遞出小鏡子，少女照著鏡子數度調整鏡子角度，說聲「不適合我……」嘆口氣。

「請用。」

男性這次遞出的是裝在小包包裡的化妝用具。

「那件長版上衣，我覺得以氣氛來說剛好合適。」

他說完指著廂型車後座。

後座椅背平放，從車頂吊著十幾套衣服。都是女裝，肯定是為少女準備的衣服。

「就說我不是這個料了……」

少女不情不願般發牢騷。

即使如此，大概是理解到為了潛入必須打理儀容吧。

她旋轉座椅向後，脫掉皮外套拿起碎花長版上衣。

◇◇◇

常見的年輕人夜店。

一對男女從後門來到四下無人的小巷。

一人是倒三角形體型的高大年輕人。

另一人是插著髮簪的嬌小少女——Nut。

年輕人腳步不穩。不知道是喝醉還是嗑藥生效。

即使如此，或者是正因如此，遭獸慾驅動的手緊緊束縛著少女不放。

抱住少女背後的右手臂，用力將嬌小的胴體摟過來。

在面對面相擁的狀態，手順著腰線往下伸，卻因為身高差距太大所以摸不到。青年不耐煩般讓右手上移，抓住少女的胸部。

「好痛……別這麼粗魯啦……」

少女口中發出嬌滴滴的懇求。

嗜虐心受到刺激的青年，左手像要抱住少女的頭般硬是摟過來。

「等一下……！拜託，等一下！」

「幹麼？」

想要強行索吻的青年，以盡顯不悅的聲音斥責少女。

「頭髮……」

少女眉頭深鎖表達痛楚。

青年咂嘴放開少女的頭。

少女雙手舉高繞到頭後，取下髮簪與髮夾。

筆直的長髮化為黑色瀑布流下。

青年色瞇瞇地瞇細雙眼。放下長髮之後，外表年齡感覺小了兩三歲，不過青年好像比較喜歡現在的樣子。

解開的秀髮散發花香。

青年醉得愈來愈不能自已。

這次是少女主動以雙手環抱青年脖子。

但即使挺直身體，身高也差了一個頭以上。

青年試著以摟住少女腰部的右手將她往上抱，硬是將臉湊過去。

少女吊胃口般別過臉，躲開這一吻。

青年以左手抓住少女下顎，強行讓她轉向正面。

少女嫣然微笑。

摟著青年脖子的右手放開。

抽掉髮簪的裝飾繩。

將外露的刀刃，一口氣插入青年的脖子！

這是只能使用臂力的不穩定姿勢。

不知道是刀鋒相當銳利，還是少女的臂力異於常人。

刀刃深深埋入青年脖子。

青年放聲慘叫，推開少女。

這肯定是反射性的行動。

不過少女手握的細刀順勢割斷了頸動脈。

少女倒著邁步，退開青年身邊。

藏在髮簪的刀從青年脖子拔出來，血噴得更多更快。

少女以長版上衣的左袖用力擦拭自己的嘴唇。

剛才在最後關頭有逃過那一吻了，不過這應該是心情上的問題。

或許少女出乎意料地清純。

——前提是世間存在著純情殺手。

青年往前趴倒在地。

「Nuts to you!（給我乖乖受死吧！）」

對於少女來說，忿恨扔下的這句話，大概是告訴自己工作結束的暗號。

少女扔掉髮簪，一個轉身要離開現場。

但是少女腳才踏出一半就僵住了。

和站在巷口的少年四目相對。

（被看見了？）

少年臉孔長得相當成熟，不過從體格來看，少女判斷他是高中生，說不定是國中生。

但是，雖然這麼說……

看著殺人現場的少年雙眼也過於冷靜。

與其說沉著，應該說冰冷。

不只是沒有驚慌或恐懼，也看不出任何情感，是一對如同彈珠，不，如同鋼珠的眼睛。

少年移開視線。

不是不忍正視慘狀，單純是失去興趣直接離開，就是這樣的舉止。

正如他給人的印象，少年開始行走。

他的身影消失在建築物後方。

至此，少女的定身咒終於解除。
「站……站住！」
不能扔著目擊者不管。
在這種理所當然的焦躁驅使之下，少女拔腿往前跑。
在這種情況下，沒人會在聽到「站住」的時候停下腳步。
反倒會察覺對方從後面追過來，加快逃走的腳步才對。
這個想法使得少女愈來愈著急。
少年行經的道路是行人還不多的後巷。
不過距離主要道路沒有多遠。
焦慮促使少女加快腳步。
少女走出暗巷，看向少年走離的方向。
一反少女的預測，她立刻就找到少年。
少年以正常速度在後巷行走。
沒用跑的，雖然走得不慢，但感覺不是快步行走。
這個態度令少女感覺不對勁，但她不想探清少年的底細。
反正即將要和對方離別了——而且是永別。

手頭沒有武器。不過少女沒有「為了張羅武器而將視線從少年身上移開」這個選項。
少女在女性之中也算是嬌小，如果只隔著衣服判斷，手腳也很細。
相對的，對方少年雖說還沒完全成為成人體型，長得卻比少女高，體重也明顯處於優勢，舉止也毫無笨重感。
即使如此，少女依然有自信能空手解決少年——因為她並非外表所見的嬌弱少女。
少女和少年維持一定的距離，將注意力朝向自己內側。
沉在心象世界水底的門。
手伸入水中，抓住門把扭動拉開。
門產生某種程度的抵抗之後開啟。
門後湧出的水，注滿少女的心象世界。
從潛意識領域流出的情報改寫少女的能力值，身體充滿力量。
——這個二十一世紀，是魔法從迷信成功發展為科學的世紀。
魔法的科學層面研究，始於「超能力」這種異能的分析。
魔法確立為技術的過程中，超能力的系統得以解明。
物理世界的事象都會留下情報。
記錄媒體是命名為「想子」的非實體粒子。

無論是組成物質的粒子、傳導物理能量的粒子，任何基本粒子或複合粒子，都不會和單獨想子產生相互作用。不過想子形成組織性的構造之後，會讓人類組織化的神經細胞體產生規律的電位變化。

這不是只在活人大腦皮層觀測得到的現象，在化學合成的神經細胞體，甚至在結晶化加工的神經細胞體群也觀測得到。

從這個觀測結果得知，物理現象和想子構造體之間有著嚴密的對應關係。

類似的物質會產生類似的構造體。

類似的現象會產生類似的構造體。

物質或現象的相似度愈高，想子構造體的相似度也愈高。

物質或能量本身產生作用，由此引發的現象種類與變化稱為「事象」。依照事象形成的想子構造體，命名為「想子情報體」。

一般來說，想子情報體伴隨著事象的變化而形成。

想子情報體不是變化，而是在每一瞬間重新建構，在時間流之中不斷堆疊。

不過在異能——超能力引發超常現象時，可以預先觀測到想子情報體的形成。

非實體粒子的構造體扭曲了物理現象。

換句話說，情報改寫了事象。

現代的魔法，正是以這個發現為基礎。

這是魔法的基礎原理，也是超能力的基礎原理。

少女藉由自己意識底部更深的另一側，也就是透過從潛意識帶來的情報，讓自己的身體在維持組織構造的狀況下只強化身體機能。

強化身體的異能。「身體強化」的超能力。

少女是擁有這種異能的超能力者。她的「身體強化」不是增加身體強度，是提升運動能力。不是「反彈子彈」或「從摩天大樓跳下來也不會死」這種化為超人的能力，是提升運動能力與知覺能力的超凡能力。也不到「快到超越子彈」或「力大到折彎鋼筋」的花俏水準。

即使如此，獲得的力量與速度還是可以讓她以蠻力制服熊或猩猩，不用槍砲、弓箭或其他射擊武器就打倒老虎或獅子——但她沒實際試過就是了。

這份能力是她判斷自己手無寸鐵也能殺掉對方的根據。

她不是單純以力量或速度為傲。她習得的技術足以駕馭提升之後的身體能力。

這肯定不是自以為是。

「嗚！怎麼……會？」

從背後襲擊少年的少女，卻在下一瞬間被摔在柏油路面。

少年以冰冷的雙眼俯視少女。

鋼鐵般的視線。少女無法從中讀取任何情感。

少女忍痛站起來。她早已習慣痛苦。要是因為疼痛就躺著，將會再也感受不到疼痛。不是神經麻痺的意思，是死亡的意思。她活在「不反抗就會沒命」的世界。

少年面無表情看著少女半蹲後退起身的樣子。

看來少年沒有攻擊的意思。

「不行……」少女在內心低語。她不得不承認自己失算。

她在隨意站在該處的少年身上找不出任何可乘之機。

不知道他做了什麼。

不知道他會做什麼。

內心只描繪出自己發動攻擊之後趴倒在路面的影像。

少女具備力量與速度，卻沒有利牙或利爪，也沒有打碎水泥磚的拳頭。

——不是空手打得贏的對手。

應該逃走。少女的生存本能如此大喊。

必須將目擊者封口。少女的保身意識如此抵抗。

少女陷入作繭自縛的窘境。

至少有剛才那根髮簪該有多好。就算這麼後悔，她也已經扔掉髮簪。即使沒扔掉，如果搭檔說的沒錯（但也不可能出錯），髮簪差不多開始分解了，無法當成武器使用。

想退卻不能退，想攻也不能攻，少女不甘心地瞪著少年。

膠著沒有持續太久。

看來少年的想法也傾向於不能扔著少女不管。少年隨意朝著少女踏出腳步。

此時，狀況急遽變化。

隨著小小的馬達聲，灰色廂型車衝了過來。

少年輕盈一跳，躲過這輛想撞死他的廂型車。明明看不出朝雙腿使力，少年的身體卻跳躍將近十公尺——遠離少女。

廂型車輪胎發出軋轢聲緊急煞車。

「Nut！請上車！」

少女甚至省去回應的工夫，跳進自動開門的副駕駛座。載著少女的廂型車迅速起步。

少年沒對遠離的灰色車身出手。

◇　◇　◇

廂型車的副駕駛座上，少女吐出長長的一口氣。靠在椅背的背部冒出冷汗溼透。

少女和少年互瞪的時間不滿一分鐘。

從她察覺少年看見任務現場開始計算，也不到五分鐘吧。

在這短短的時間內，少女感受到的疲勞是前面三小時（在夜店接觸目標對象到殺害所花費的時間）的兩倍。

「Nut，剛才那個少年是什麼人？」

駕駛座的男性不是自動駕駛，而是自己開著廂型車詢問少女。

「現場被看見了。」

「沒能除掉他？」

男性的聲音充滿純粹的驚愕。他很熟悉少女的技術與異能。

搭檔至今第四年，少女這段期間著手處理的獵物超過五十人。其中也包括殺手同行的生死交戰，而且失敗次數單手就數得完。少數失敗也只是因為沒機會動手，並非下手失敗，也沒留下證據。無論從實績或能力來說，少女都是組織裡數一數二的高手。

這樣的她居然滅口失敗。而且對方是頂多高中生，說不定是國中生的少年。就男性的角度來看，這件事令他不得不吃驚。

「……難道說，他是魔法師？」

男性想到這個可能性，再度詢問。

這個世界有魔法。在這個世紀，魔法的存在已經見光。雖然稱不上是所有人都能使用的日常技術，卻在軍方、警方以及男性他們所屬的黑暗社會當成寶貴的武器使用。

只要拿槍，小學生也能射殺魁梧的壯漢。同樣的，如果是能使用魔法的人——魔法師的話，國中生擊退職業殺手也不必大驚小怪。

「不知道。」

少女不悅地扔下這句話。她也在第一次遭到反擊的時候就想到這個可能性。但她甚至沒能看穿少年是否是魔法師，或是和自己一樣是超能力者。

少女對這樣的自己感到丟臉，也感到憤怒。

「Croco，查得出他的底細嗎？」

少女詢問男性。「Croco」是男性的識別代號。男性的本名是「鱷塚」。鱷即為crocodile，簡稱「Croco」。同樣的發音也暗喻從歌舞伎的侍從角色衍生為幕後工作人員意思的「黑子」（正確來說是黑衣）。

「行車記錄器肯定拍下了他的長相，所以表面上的資料應該可以……」

為了保護個人隱私，法律規定行車記錄器的影像要打碼。不過只要從網路隔絕儲存裝置，非法改造影像解碼並非難事。

「知道是哪裡的誰就好，幫我查。」

「要殺掉他？」

「總不能不滅口吧？社長肯定也會這麼說。」

「……知道了。」

男性也知道不能放著少年不管，但還是感到躊躇。不是因為犧牲平民的罪惡感襲擊他，是因為少年給他毛骨悚然的印象。

那名少年真的是能以「除掉目擊者」這種單純的行動原理下手的對象嗎？

少女是組織裡的殺手，少年是支援成員。至少應該請教組織龍頭「社長」的判斷吧？

不過，這也會同時坦承自己工作時犯下嚴重疏失。

殺手組織沒有身分保障。別說身分，連生命都沒有保障。可能光是工作遭人目擊就會被斷尾求生。在這種場合，自己和少女是生死與共。

這個可能性絕對不小。

先調查少年的底細再說。如果查出危險的背景，到時候再找組織討論。

男性抱著逃避心態這麼想。

◇　◇　◇

看不見廂型車之後沒多久，少年就對少女失去興趣。

他就讀東京都內的私立國中，卻不是普通的國中生。就某種意義來說是殺手少女的同類。

少年再度踏出腳步快步行走。速度比剛才還快，大概是要補回被少女纏上而浪費的時間。

少年沒放慢速度，在複雜的巷弄裡數度轉彎前進，腳步看不出迷惘。

最後，他在一棟古老大樓的後門前停下腳步。

看似鐵製的門只漆成整片灰色，沒顯示任何情報。不只是門，從少年所站的這邊甚至看不出是什麼大樓。不過留有人們出入的痕跡。真的是只有大樓相關人員使用的後門吧。

門鎖是自動上鎖形式的電子鎖。但門本身是傳統手動開關的類型，鎖頭也是在門框插入門閂固定為無法前後推動的構造。

少年走近門，在這時候做出奇妙的動作。

伸出右手食指，沿著門與門框的界線移動。

剛好停在鎖頭的位置。

他沒碰到門或門框，右手也沒拿任何工具。黑色手套包覆的指尖也沒射出任何東西。

看起來毫無意義的行為。

不過少年扭動門把，本應自動上鎖的門就輕易開啟。

後門深處是陰暗的階梯。少年毫不猶豫走向地下。

不到五分鐘之後，少年再度出現在後門。

少年的外表和進入地下室前一樣。完全沒受傷，衣服也沒亂掉。

他以穩重的腳步穿過後巷來到「表面」。

不知夜晚為何物的繁華街，不夜城。

不是以非法統治的異界，是雜亂卻以法制統治的另一側世界。

潛入人潮走在大街人行道的少年身旁，停著一輛精巧的白色轎車。

大眾用色，大眾設計，沒融入黑暗卻融入街道的這輛小型車，少年不慌不忙俐落上車。

「特尉……不對，今天應該叫你達也同學。處理得怎麼樣？」

「間諜全部『消除』了。新蘇聯特務的資料被毀損，但是儲存裝置已經回收。您來得正好，可以麻煩復原嗎？」

「收到。」

駕駛座伸出手，少年遞出收在小盒子裡的電子資料記憶裝置。

「不過，為什麼是藤林少尉過來？」

少年詢問駕駛座的年輕女性。今天的工作是本家指使的，不是軍方的非法任務。身為軍人的她前來迎接，出乎少年的意料。

「真田上尉吩咐的。其實他應該想自己來吧，可惜好像沒空。」

穿便服的女性軍官一邊開車起步一邊回答，臉上微微露出「拿他沒辦法對吧」的苦笑。

正如少年所稱呼，這名女性軍官叫做「藤林」，階級是少尉，所屬於國防陸軍一〇一旅獨立魔裝大隊。她在對話時提到的「真田上尉」是同屬獨立魔裝大隊的技術軍官。

藤林說完，少年說「原來如此」露出接受的表情。

「三尖戟毫無問題正常作用。」

「我可以解釋成ＣＡＤ與啟動式都按照設計運作嗎？」

「是的。」

少年點點頭。

ＣＡＤ——術式輔助演算機（Casting Assistant Device）。輔助魔法發動的硬體裝置。

啟動式是以電子形式記錄魔法的軟體。

ＣＡＤ將啟動式變換輸出為魔法師可利用的形態。魔法師讀取變換過的啟動式，基於啟動式建構魔法式——魔法的主體。

少年擁有行使魔法的技能，也就是魔法技能師——「魔法師」。

三尖戟的原型是民間企業研發的最新CAD，由獨立魔裝大隊技術軍官真田上尉進一步改造成少年專用CAD，也是少年以這個CAD所行使專屬魔法的名稱。

「這樣啊。上尉應該會高興吧。」

說出這句話的女性軍官看起來也很愉快。

白色轎車遵循交通管制系統成為車流的一部分。載著少年的小型車就這麼駛離夜晚的澀谷。

西元二〇九四年四月七日，星期三夜晚。

澀谷鬧區爆發連續殺人事件。

遇害青年是在澀谷一帶活動的街頭流氓成員，涉嫌成為黑道爪牙參與違禁藥品交易。命案沒有目擊情報。有證詞指出其中一名死者在案發前和嬌小的女國中生在一起，不過對於街頭流氓來說，國中生或高中生都是買賣毒品的顧客，被認定和命案沒太大關連而忽略。

警方判斷該案件是街頭流氓之間的抗爭，或是敵對黑道組織藉此殺雞儆猴，成立了專門的搜查小組。即使在年輕人暴力事件是家常便飯的繁華街，既然發生連環命案就不能無視。

同一天夜晚，從大亞聯盟逃亡的難民之中，在澀谷區域活動的近十人一起消失無蹤。他們是最近涉嫌和新蘇聯特務接觸而被公安盯上的集團，但因為沒人通報失蹤，所以警方這邊沒成案。

# 〔2〕

魔法不是傳說或童話，而是確實存在的技術。據傳這是在西元一九九九年確認的事實。

這一年，想讓（擅自從古籍的記載解釋的）人類滅亡預言成真的狂信者集團以核武進行恐怖攻擊，被擁有特殊能力的警官阻止。這個事件列為近代以後首度確認魔法存在的事例。

不過，這種特殊能力剛開始不是稱為「魔法」。當時稱之為「超能力」。阻止狂信者恐怖攻擊的警官沒拿法杖、護符或魔導書，也不知道咒語或魔法陣。他只是以強烈的意念阻止達到臨界點的核分裂反應。

癱瘓核武的異能——超能力。仰賴核武抑制力的大國剛開始畏懼這種能力，卻立刻思考該如何利用。若能獨占這種能力，就可以不怕敵國報復恣意使用核武。「只持有卻無法使用的武器」會變成「實際能使用的武器」。

美國，也就是當時的USA政府派遣特務到世界各處搜索。這是為了集合能癱瘓核武的超能力者，也是為了避免這種人落入敵方手中。

很遺憾的，沒找到和該警官擁有相同超能力的人。不過在搜索過程發現的超能力者多到超乎預料。雖然大多只擁有微弱的能力，卻得知以精神力干涉物理現象的這種能力不是來自突變，是人類與生俱來的才能。

只不過，幾乎所有人的這種能力都沒達到明顯生效的水準。當時負責調查的研究機構做出這個結論。

如果能力太弱，那麼強化就好；既然是潛在能力，那麼硬是激發出來就好。在「人類潛能開發」的名義下，進行了許多的人體實驗。使用物理與化學刺激的實驗同步進行，還動用超自然領域的手段。

在這段過程中，魔法登上歷史的表面舞台。

原本相信是虛構產物的魔法，被軍事技術開發的領域採用之後，成為真實的技術。

走出傳說世界陰影，出現在真實世界陽光下的「魔法使」技術，接受科學分析之後，得知超能力和魔法在本質上是相同的能力。躲在歷史暗處至今的知識訣竅經過分析、改良與活用，使得超能力成功發展為更泛用的技術。

超能力者只能干涉極為有限的物理現象。

不過新開發出來的技術，雖然需要一定水準以上的天分，卻能讓人獨自進行各式各樣的事象改寫。即使是癱瘓核武的異能也確立為單一的技術。

成功泛用化，以精神能力干涉物理現象的這種技術，如今和原本相信是虛構的古代技術總稱為「魔法」。

魔法的研究從初期階段就不是只在美國，而是在全世界進行。派遣特務到世界各地導致情報擴散。

各國政府致力於培養這種能夠熟練使用魔法這種技術的人材——簡稱「魔法師」的「魔法技能師」。「超能力者」大多成為習得「魔法」的「魔法師」。

二十一世紀末的現在，魔法師成為國家重要的戰力——也是貴重的兵器。

不過，並不是所有異能者都接受國家管理。

並不是所有超能力者都順利成為魔法師。

◇◇◇

穿制服的少年少女，在早晨的住宅區朝著同一方向行走。這是從以前就沒變的通學光景。多虧在家上班、衛星辦公室與彈性上班時間的制度普及，「通勤尖峰時間」已經成為歷史名詞，不過現代的上學時間依然集中在早上八點左右。

只不過電車的形態從半世紀前改變，所以「擠滿人的沙丁魚電車」已不復見。而且，雖然這一點從以前就沒變，但一般的公立中小學不必搭電車或公車通學。

位於東京郊外的這所國中是私立學校，但是和最近的車站有一段距離，因此早晨的上學光景和公立國中差不多。

相同的制服，相同的年紀。

不過容貌或體格因人而異。

某些學生顯眼，某些學生不顯眼，這部分表面上也和別校一樣吧。

不過這所學校有著不容他校追隨的「頂點」，這一點或許有點特殊。

美麗的女學生，以符合容貌的文雅腳步走在通學路上。

走在同一條路的學生們，無論是少年或少女都在瞬間駐足，接著維持一定的距離跟著她走。

即使每天早晨都這樣也不曾改變。

——美女看三天就膩，這絕對是假的。

這所國中的學生們肯定都這麼想。實際上，許多學生一度說過類似的話。

他們在尚未成熟的內心刻下一則真理。

世上存在著絕對不會看慣的美。

真正的美，會在內心冒出憧憬或情慾之前帶來震撼。

看見名為司波深雪的美少女時，沒學到這則真理的人少之又少。

（那是怎樣……）

和周圍少女們穿相同水手制服喬裝的冒牌國中少女也不例外。

雖然是絕對不能引人注目的身分，她卻忍不住愣在原地。不過她這副模樣絕對不算稀奇，這對少女來說是一種幸運。

她連忙驅動靜止的雙腿。眼睛低調掃向兩側，確認沒受注目之後鬆一口氣。

（……她和我一樣是人類？天底下真實存在那種生物？）

即使再度踏出腳步，也還沒擺脫這股震撼。

她偷偷瞥向過於美麗的少女，不禁搖頭。

怎麼看都不是這個世界的生物。該不會是仙女、女神或美的化身這種虛構的存在吧？她無法拭去這份疑惑。該不會是自己的眼睛、自己的腦袋出問題吧？她差點受困在這種疑念。

（……慢著，不該想這個吧！）

她在內心斥責自己，硬是將視線移向美少女身旁。

過於美麗的少女身旁，一名男學生如影隨形。

成熟的容貌，還不成熟卻千錘百鍊的身體。

不過說來神奇，他並不顯眼。氣息稀薄到不自然的程度。

明明沒躲起來，但即使是以殺手為業的少女，也可能一個鬆懈就找不到他。

（隱形嗎……？）

隱藏氣息的技術，少女也有造詣。是直到三年前都在自己不知道的時候植入身體，三年前開始意識到並且鍛鍊至今的技術。

（……傷腦筋，感覺比我還高明。）

因為有造詣，所以更清楚理解少年的能耐。

（不只是打架厲害嗎……）

如果只是空手格鬥，比內行人強的外行人並不罕見。外行人只要思考如何戰勝眼前的對手加以鍛鍊就好，但是對於內行人來說，打造狀況藉以順利全身而退的技術反而比較重要。

不過，看來那名少年不只是打架了得。

少女內心警戒感的水位上升。

（記得名字是……司波達也。）

少女從記憶中調出關於少年的情報。

她的助手絕非無能。但是查出的少年相關情報實在太少了。

姓名。自家住址。就讀的國中。

只有這些。

調查時間不夠肯定是隱情之一。

她的搭檔是從昨天早上開始調查，然後在昨晚查明姓名、住址與學校。

如果是「一般」的工作，會在採取行動之前更仔細收集目標對象的情報。但是這次的目標是命案目擊者，凶手是少女自己。

原本應該是非得當場收拾的對象。時間花得愈多，不只少女，連組織都愈加危險。仔細查明對方弱點與行動模式的奢侈做法不被允許。

少女指示搭檔Croco繼續調查，自己直接來品評目標對象。

少女的年齡是十五歲以上。雖然實際年齡比外表「稍微」大一點，卻只不過是稱為青少年的年紀。

擔任殺手的經驗也是終於滿三年。

即使如此，她依然自負只要親眼看過，就能推測對方實力到何種程度。

面對比自己強的對手不能「正面」交戰。這是殺手的鐵則。

一旦接下工作，就不能因為對方看起來比自己強就迴避對決。如果是自由接案的殺手或許可以付違約金解決，但是既然隸屬於組織就辦不到這種事。

因此，看透對方實力的眼力是殺手必備的能力。沒這種能力的殺手即使拳腳工夫再強，用槍或用刀的技術再怎麼高超，也很快就會被迫退場。三年來，少女能夠在這個業界活下來，助手優秀當然是要素之一，但某方面來說肯定是少女擁有看穿對方實力的天分。

不過，少女現在不知如何是好。

名為司波達也，比她小兩歲的這名少年隱藏何種程度的實力，她毫無頭緒。

只知道很強。這種事在那天晚上就已經明白。

空手打不贏。這她知道。

——那麼，用刀就能贏嗎？

——還是說，必須準備槍？

——從正面殺得了嗎？

——必須暗算才能解決嗎？

依照經驗，觀察十秒就肯定知道的事，她卻完全看不透。

因此少女沒察覺自己一直注視著少年的背影。

注視少年身旁美少女的學生不在少數，所以她不顯眼。然而並不是完全沒人察覺她不自然的視線。

少年轉頭隔著肩膀看過來。

（被察覺了？）

少女背脊竄過一股惡寒。

雖然連忙往下看，但少女也知道彼此的視線在瞬間相對。

少年立刻將視線轉回正面。看來不打算在此時此地出手。

少女對於思考這種事的自己感到滑稽。

這不是理所當然嗎？對方少年司波達也是國中生，現在正在上學途中，而且身旁是同行的女國中生。搭檔說他有個同年級的妹妹，應該是那名美少女吧。

在這個狀況，不可能和殺手展開生死戰。這樣就像是被自己影子嚇到的幼兒，少女自覺丟臉。

不過，扮裝的自己被察覺了，這是事實。少女今天原本打算就這麼潛入達也就讀的國中，卻決定變更預定計畫撤退。

雖說原本計畫潛入學校，卻沒預定突然就在校內著手暗殺。今天始終是場勘。即使決定要在國中校舍內動手，也打算改天進行。

少女姑且帶著武器，卻只是不會被金屬偵測器感應到的全陶瓷刀。老實說，少女認為用這把武器對付那名少年不太可靠。自己對校區內部不熟，要是選擇四下無人的場所卻遭到反擊，不知道是否能全身而退。

少女一開始就不把達也當成普通的國中生，覺得他和自己一樣是黑暗世界的居民，認定即使在校內殺人，他至少也有處理屍體的手段。少女不認為值得冒這個風險潛入國中。在校內找出目標對象弱點的計畫中止。對方的本事強到無法一眼確認，光是知道這一點就必須滿足。

決定中止計畫的少女連一瞬間都沒猶豫，轉身拔腿就跑。

無視於疑惑目送她的學生視線，以及叫住她告知預備鈴即將響起的教師聲音，少女直到車站都沒停下腳步。

◇◇◇

潛入目標對象國中的計畫以失敗收場，殺手少女暫時返回自家。在組織所安排，只有隔音設備完善的這棟廉價公寓狹小單人房裡，她一邊填飽肚子一邊思考接下來的步驟。

——從自動調理機取出鬆餅，塗滿加了蜂蜜的奶油。

不能扔著目擊者不管。大前提是收拾名為司波達也的國中生。而且必須盡快。

——塗滿蜂蜜奶油的鬆餅上方再疊一片鬆餅。

不過，具體來說應該在何時何地下手？

——在重疊的鬆餅塗上蜂蜜，再淋上楓糖漿。

要是除掉目擊者的現場被其他人目擊就是本末倒置。

——有希將像是甜蜜聚合體的鬆餅切塊送入口中，露出仔細品嚐幸福般的笑容。

如果那個國中生習慣造訪某個不起眼的場所，就鎖定那裡下手。如果目標對象的生活習慣沒有這種場所與這種時間，就必須利用美色或是抓住把柄引對方出來。

——她並沒有察覺到自己臉上已經露出像是孩童的笑容，一口接一口，將盤子裡甜到過剩的鬆餅送進嘴裡，意識就這麼委身於和表情不符，殺氣騰騰的思考。

取得這種情報的調查工作，本來應該由助手負責。少女一開始也是交給搭檔進行。不過平常只要一天就能將工作必備情報帶給她的搭檔，這次卻說「很花時間」，實質上舉了白旗投降。

如果是除掉普通的目標對象可以多花點時間。但是要將目擊者滅口就不容許這麼奢求。所以她不惜打扮成國中生試著接近，卻輕易被察覺。

明明特地花工夫做了一套國中制服……

那所國中的女生制服是正統型的水手服（這句話的意思不是「水手服是正統的國中制服」，是「該校水手服採用正統型的設計」），所以製作起來很簡單。使用自動製衣機一小時就完成。

不過實際上，剪裁與縫製之前需要量尺寸……完成之後也要試穿確認是否需要修改。

想到負責準備喬裝用衣物的女職員們對她露出的溫馨笑容，她就好想一拳在牆上打個洞。她特別想掐死說著「要不要順便用這個」，拿出緄上花邊的緞帶和Q版貓咪髮夾之類飾品的那名職員。

笑著**亂講**「實際上妳兩年前都還是國中生啊？」的男職員，有希真的一拳打下去讓他閉嘴了。有希明白這個男的**沒多少**惡意，也認為從世間論點來說，這句話沒什麼太大的錯誤。

但有希不喜歡被當成小孩子。明明都已經在意自己**發育不好**了，怎麼可能主動打扮成像是小孩的模樣！這是她的真心話。她知道某些時候為了工作必須喬裝，但理解與接受是兩回事。

即使如此，她還是勉強壓抑情感上的抗拒，喬裝試著潛入學校，但這次還沒到入口就受挫。

——動叉子的手不知何時停止，因為甜膩鬆餅而放鬆的表情如今苦悶扭曲。

『Nut，社長找。』

搭檔Croco打電話給這樣的她，要她前去報到。

有希所屬的組織叫做「亞貿社」，採用股份公司的形態。當然是非公開的公司。表面上經營貿易業。這麼說來，交易對象總會擅自誤以為「亞貿社」是「亞細亞貿易」的簡稱。實際上這個名稱和「亞細亞貿易」一點關係都沒有，但因為取得過於別出心裁，組織裡也幾乎沒人知道名稱的由來。

有希也完全不在乎「亞貿社」是什麼意思。她並不是以公司名稱決定加入哪個組織。有希成為亞貿社的一分子完全是自然而然。這也不是稀奇的事。殺手加入組織的經緯之中，最常見的就是「自然而然」。

亞貿社擁有一棟雖小卻是公司資產的大樓。有希從喬裝用的制服換成勞動少女風格的褲裝，搭電車到這棟大樓「上班」。

二〇九〇年代的現在，沒升高中就外出工作的少女雖然稀奇，卻不至於招來奇特的目光。

二〇七〇年代之後，國公立學校直到大學都免付學費。不只是直接的學費，生活費的補助也很優渥。現在只要不挑學校，升上高中的經濟負擔等於零，但是高中加高職的升學率約百分之九十出頭，反而比第三次世界大戰之前還低。

不是經濟上的原因，是升學意願低落造成的。不是向學風潮不再，是學歷信仰變得淡薄。

近年，國家所實施學力測驗的證明書和高中與大學畢業證書併用，以這種形式讓企業採用。此外因為學習的手段多樣化，不必升上高中，之後隨時都能補回知識的時代已經來臨。

基於這種隱情，所以在平日的白天，即使十幾歲的少女穿便服上街也不會引人起疑。

大樓裡打造出正經工作的體制，事務室裡的男女事務員坐在辦公桌前面工作。只不過他們正在做的「工作」是殺人所需的情報整理或工具調度。他們是實戰部隊殺手們的後勤成員，有希的搭檔也是其中一人。

「社長呢？」

「在社長室等妳。」

有希朝著事務室裡面對終端機的搭檔說聲「啊，是喔」點點頭，走向階梯。社長室要從這裡爬兩層樓。但有希沒搭電梯。不是為了健康，是避免進入無處可逃的密室而下意識做出的選擇。明明還沒滿二十歲，殺手意識卻好像根深柢固了。

「我是榛。依照命令前來報到。」

有希站在唯一木製的房門前，敲門之後如此告知。

「榛」是有希的姓氏。

全名是「榛有希」。

有希的識別代號在公司裡已經普及到「榛？這是誰？」的程度，但她只在面對社長的時候使用本名。不只是有希，這可以說是這個組織成員的共通點。

「進來。」

有希聽從這聲命令開門。社長室意外地小而美。

進門就看見的辦公桌後方，坐著身穿短褂加褲裙的老人。身材魁梧的這名男性就是率領有希等殺手們的亞貿社社長——兩角來馬。

有希慎重關門，站在辦公桌前面。因為社長不喜歡粗魯的舉止。

她並非不知天高地厚。即使對實力有自信，但她作夢也不認為自己是最強的。有希知道要是惹社長不高興而被社員集體針鋒相對，自己將看不到明天的太陽。

「那麼……榛，妳知道我為什麼叫妳來吧？」

「……知道。」

有希沒辦法裝傻。像這樣被叫來的時候，社長就明顯已經知道她上一份工作的疏失。

「前天辛苦妳了。我很想說妳一如往常處理得很俐落，但妳難得出了差錯吧？」

「非常抱歉。」

有希將原本就嬌小的身體縮得更小如此回應。社長並沒有惡狠狠瞪她，但她自覺正在上演可能造成致命傷的失態。

是的，不是「上演了」，是「正在上演」。不只是工作被目擊，也還沒將目擊者滅口。時間經過愈久，自己殺手身分曝光的風險就愈高。不是她一個人的問題，恐怕連組織的真面目都會曝光。

「雖說是後巷，卻也是都會中心，難免會被看見。不過為什麼沒好好善後？」

「……非常抱歉。」

「榛，我不是要求妳謝罪。即使是辯解也好，說明一下為什麼還沒收拾善後吧。」

「……是。」

對於有希來說只有屈辱可言，但是在這個場合不容許三緘其口。包括現在確認的對方身分，想在被看見的當下解決卻束手無策，前去偵查卻輕易被發現等等，她一五一十老實說明。

社長的反應不是嘲笑，也不是當面大罵。

他雙手抱胸深思。

「……我知道妳的實力。那個國中生確實不是泛泛之輩。」

不只有希，其他社員也害怕社長，但他不是暴君。他正確掌握旗下每名殺手的能力與性格，賞罰分明，正確的人放在正確的位子，付錢也大方。身為眾人畏懼對象的同時也廣受信賴。

「我派調查部門打聽看看吧。但妳不必等待調查結果，自己找機會吧。必要的器材會派人準備。」

「——謝謝社長。」

社長的意思是組織這邊也會應對，但是始終必須由有希親手「處理」。不是免責，算是緩刑期間吧。

即使如此，有希依然感謝當下撿回一條命，同時對於害自己差點淪為肅清對象的少年——司波達也的敵意也愈來愈強烈。

◇◇◇

目擊殺手少女工作現場，成為滅口目標的少年——司波達也有三個身分。

第一個身分是就讀東京都內私立中學的國三學生。

第二個身分是國防陸軍的特務軍官。這裡說的「特務軍官」不是待遇比照軍官的士官，是身為平民卻享有軍官待遇的軍方協力者。這種階級並不是以正式的制度存在，是軍方吸收達也這個戰力時，用來讓他有資格上戰場的特例措施，是一種超法規的地位。

第三個身分是四葉家的魔法師。代表日本魔法師社會的名門之一，全世界畏懼的魔法師集團——四葉家。他在四葉家是背負「守護者」這個職責的戰鬥員。

殺手少女穿國中制服喬裝出現在早晨通學路的這件事，達也當晚就向四葉本家報告。

『那個小妹和新蘇聯的特務無關嗎？』

「因為沒有求證所以只是推測，但恐怕無關。」

不知道是怎樣的心血來潮，這晚真夜親自出現在視訊畫面。二〇九四年四月當時，一般來說應付達也的總是管家葉山或花菱。大概是真夜今天恰巧閒得發慌吧。

『你認為那孩子的目的是什麼？』

真夜明顯以試探語氣，在視訊電話裡詢問。

「應該是要滅在下的口。」

達也毫不猶豫回答。

『哎，我想也是。因為對於殺手來說，被人目擊殺人現場非同小可。』

真夜隔著鏡頭朝達也投以暗藏玄機的視線。

『所以……達也，你需要援軍嗎？』

「不用。」

達也這次也是立刻回應。

『這樣啊……你要自己應付？』

「是的。」

『知道了。就尊重你的意思吧。之後的事情麻煩依照葉山先生的指示。』

明明一開始就沒有協助的意思，真夜卻留下煞有其事的這番話，從鏡頭前面消失。

相應的，真夜的心腹葉山代替她出現在畫面。

『達也閣下。屬下認為您應該知道，您的本分是保護深雪大人。切勿因為您的疏失招致深雪大人面臨危險。』

達也晚上到澀谷閒晃並不是在夜遊。他前去解決新蘇聯特務，是遵照本家的指令。達也之所以被殺手盯上，可以說是因為四葉本家派達也去做本分以外的工作。

「在下非常清楚。」

但是達也沒以此為理由發牢騷。因為無須叮嚀，保護妹妹深雪一直是他的最優先事項。

『您理解就好。所以具體來說，您打算怎麼做個了斷？』

「需要的話就消除。」

『意思是現在還不需要？』

葉山疑惑蹙眉進一步詢問。

「因為要『消除』的話隨時都做得到，以在下的狀況也不必進行麻煩的善後。」

達也的「消除」不是「殺掉」的隱語。雖然也包含這個意思，卻是正如字面所述，消滅到連屍體都不留的意思。

『……說得也是。這方面的判斷就交給您吧。』

免於安排人手處理屍體，對於葉山來說也不必花費多餘的成本方便得多。他自行斟酌現狀，准許達也使用消除人體的魔法。

『還有其他報告事項嗎？』

「沒有。」

『這樣啊。那麼，就此告辭。』

視訊畫面在最後映出葉山簡單行禮的樣子，然後變暗。

◇◇◇

「對不起，讓你們久等了。」

看著葉山和達也講完電話之後，真夜從辦公桌前離開，移動到會客區。她所坐沙發的正對面坐著兩名男性。

一人是四十歲左右的成年男性，另一人是大約國中生的矮個頭少年。成年人叫做黑羽貢，少年叫做黑羽文彌。從姓氏就猜得到，兩人是父子。

不過外表給人的印象差很多。父親五官算是端正，距離紳士卻還差一點點，就某些人看來應該會覺得討喜，是介於英俊與俏皮之間的容貌。相對的，個頭小的兒子是看起來彷彿嬌憐少女的美少年。

「不，請別在意。」

父親貢以裝模作樣的動作搖手。一旁目睹的文彌有點不好意思般動了動，但真夜的笑容毫不動搖。

「剛才的電話是達也打的？」

真夜默默回看著發問的貢。

「啊，不，我剛才並不是故意偷聽……」

承受真夜像是責備他偷聽的視線，貢連忙解釋。

「既然聽見也沒辦法了……」

真夜嘆氣告知不追究。

「嗯，是來自達也的報告。在東京出沒的新蘇聯特務，我派他處分了。」

「因此和毫無關係的殺手惹上糾紛，達也還真令人頭痛。如果剛開始是命令我下手，就不會惹上這種多餘的麻煩喔。是不是別再使喚他比較好？」

達也只不過是和貢的兒子同年紀的少年，貢的話語卻透露他對達也藏不住的惡意。

「因為這種程度的工作不必勞煩貢先生。」

真夜冷淡帶過。

「可以扔著那個殺手不管嗎？」

真夜明顯沒有責備達也的意思，但貢違抗她的意向繼續詢問。

「達也說他要自己解決，所以交給他就好吧。」

「這樣啊。那我也見識一下他的本領吧。」

不過真夜的聲音帶點怒氣之後，貢就乖乖收手了。

「……不，說得也是……」

但是講到這裡，反倒是真夜推翻自己剛才的說詞。

「剛好可以當成文彌的教材吧。」

真夜輕聲說完看向文彌。

「文彌。」

「是。」

文彌繃緊背脊承受真夜視線。

相對的，真夜朝文彌露出放鬆的笑容。

「去調查鎖定達也的那個殺手。調查就好，別出手。」

「是！」

文彌鼓足幹勁回應。

「貢先生盡量別幫忙，不然沒辦法當成文彌的練習。」

「……知道了。」

相較之下，兩個大人都缺乏嚴肅氣息。

真夜對鎖定達也的殺手身分沒興趣。她知道區區的民間殺手不足以成為達也的對手。

她所說的「教材」這兩個字，只具備字面上的意義。

# [3]

東京，遠離市中心的清晨住宅區。

該處點亮兩道鬼火。

沒有詛咒，沒有哀號，甚至無暇求饒。

兩具人體就這麼焚燬，不，「消失」了。

◇◇◇

殺手的工作基於各種意義來說不規律。有時候一個多月沒休假，也可能反過來兩三個月沒工作上門。有時候是在深夜取人性命，有時候是在大白天光明正大塑造成意外下手。以大陸那邊的用語形容就是「黑社會」的工作。勤務內含「黑心」成分也可以說是在所難免。

不過從傾向來說，**晚上的工作**肯定比較多。工作所需是另一回事，但平常就容易成為夜貓子的生活。識別代號「Nut」，本名榛有希的她，也是在沒工作的日子會睡過中午才終於起床的作息模式。
她今天本來也打算睡到下午。昨天配合國中生的上學時間早起，但那是為了收集工作所需的情報，而且結果不只是揮棒落空，甚至還沒能站上打擊區。今天之所以決定不早起，也帶點諸事不順賭氣睡覺的意思。
「……什麼嘛，吵死了……」
不過在預定起床時間的一小時多之前，她就被電話鈴聲吵醒。
「喂？」
有希將語音通訊專用的耳機抵在耳際。接電話時不自報姓名也不出現在鏡頭前，這是殺手的初步心得。
『早安。』
話筒揚聲器傳出的爽朗問候使得有希板起臉。
「Croco……你以為現在幾點？不是才十一點嗎？」
有希盡顯不悅心情，抱怨代號「Croco」的搭檔鱷塚。
『Nut，世間這時候不會說「才」，會說「已經」喔。』
「這麼正經的世間關我什麼事？」
有希以自暴自棄的語氣扔下這句話，鱷塚沒反駁而是忍不住苦笑。

「嘖！」

搭檔擺出這種態度，有希就覺得被他當孩子看待，內心一團亂。但如果鬧脾氣，就等於承認自己是孩子。

「……所以，有什麼事？」

以結果來說，有希沒能消除不悅心情，就這麼改變話題。

『是關於那個國中生的事。不，我想應該和他有關。』

「怎麼了？講得這麼含糊。」

有希的搭檔稱不上正經八百，卻也不是把胡鬧態度帶到工作上的個性。拐彎抹角的說法反映他自己的困惑。

『今天早上，調查目標對象的兩名社員斷絕音訊。』

「今天早上？」

『是從昨晚監視目標對象住處的社員。六點定期聯絡之後就下落不明。』

「……意思是被目標對象滅口了？」

有希以難掩意外感的聲音反問。目擊者的國中生司波達也確實有兩把刷子。看見殺人現場也完全不為所動。有希認為肯定是從事某些非法活動的**黑暗界人物**。

不過在有希眼中，他沒有**脫序**到敢在雖然是清晨卻不知道有誰在看的住宅區中央殺人。

『不知道。因為沒找到屍體。』

「沒屍體？警察呢？」

即使無法收買警官，也可以利用出入警界的記者收集情報。警方某方面來說和媒體是互助關係，相較於其他業種的民眾，無法否認應對的時候有著放水的傾向。

『沒有類似的情報。』

「也就是司波達也的背後，有超乎我們預料的大人物撐腰？」

沒有屍體，命案就不成立。某些例外是只以凶手或相關人物的證詞就讓殺人事件成案。不過通常都是發現屍體之後才開始進行命案搜查，或是將失蹤案件改為殺人案件。

不只是職業殺手，基於怨恨或衝動殺人的外行殺人者也知道這一點。

即使如此，每年依然有這麼多命案成立，這個事實說明屍體多麼難以處理。雖說聯絡不上**公司同事**至今才經過幾個小時，但組織的兩個成員在白天街上下落不明，肯定不是一件簡單的事。

『我想不一定和目標對象有關……』

「什麼意思？」

有希詢問結結巴巴的搭檔。

『其實，兩人消失的位置好像是九重寺的勢力範圍……』

「啊？」

有希不由得發出走音的聲音。

「你說的九重寺是那個『九重寺』？那個九重八雲當住持的？」

雖然沒意識到，但有希說了兩次「那個」不是因為很重要，是因為她受到強烈的震撼。

『就是那個九重寺。』

「他們是笨蛋嗎？」

有希忍不住大喊。要不是房間只有隔音做得完善，附近鄰居可能會來抱怨。

她似乎也覺得這樣不妥，接下來說的話就壓低了音量。

「那些傢伙該不會帶著槍吧？」

『好像帶在身上喔。』

「他們是笨蛋嗎？不，是笨蛋吧！九重八雲討厭槍不是很有名嗎？還是說他們不知道那裡是那個和尚的地盤？」

『大概不知道吧。』

有希搔了搔腦袋嘆了一大口氣。雖說在獨自居住的家裡沒人看見，花樣年華的女生也不適合這種態度。

「……那個，我可以相信組織提供的情報嗎？」

『可以相信「我」的情報。沒問題的。』

「嗯，拜託了……」

有希再度嘆口氣。

「不過既然是九重八雲的地盤，要在住家附近下手應該很難。」

『失蹤的社員不一定是敗給九重八雲，說起來也完全不知道目標對象和九重八雲有沒有關係……但我認為謹慎一點比較好。』

「雖說那傢伙看起來有特別的背景，但我不認為一個國中生輕易就能和現代最強的忍者搭上關係……唉，這一關看起來愈來愈難過了，是我多心嗎？」

有希如此發牢騷。

說來遺憾，搭檔鱷塚沒有回話否定她的說法。

◇　◇　◇

四月十日星期六的下午三點多，黑羽文彌抵達東京車站。

他現在是國二學生，國中無論公私立都是一週上六天課，星期六只上半天課。

雖說是四葉家當家的命令，但家裡不讓文彌蹺課，所以他放學之後立刻帶著整理好的行李，搭乘從豐橋經名古屋的磁浮特快車來到東京——之所以沒向學校請假，與其說是家長熱中教育，應該說父親貢對於文彌本次接下的任務抱持不滿。

四葉家被魔法界人士看得比黑手黨還要恐怖，但是內部並不是由當家掌握絕對統治權。雖說沒人當面違抗當家，只是消極抗命的程度並不會被肅清。四葉家講好聽是少數精銳，講難聽是人手不足。

這次對於黑羽貢的抵抗，最感憤怒的不是當家四葉真夜，而是兒子文彌吧。他想盡快遵照命令著手調查，覺得為此向國中請半天假是理所當然。

他幹勁這麼充足，並非因為這是當家直接下令的任務。不能說這個要素完全沒影響，卻不是主要的理由。

因為他想成為達也的助力。

黑羽文彌是司波達也的從表弟。魔法師傾向於重視血緣，所以親戚之間的關係比一般人（意思是魔法師以外的人）來得緊密。

將同年代的表哥或從表哥視為大哥仰慕或許不稀奇，但文彌傾慕達也的程度更勝於親兄弟。如果無視於性別，這份心意的強度與深度甚至可以稱為戀慕吧。

聽到有殺手鎖定達也，文彌的怒火熊熊燃燒。想取達也性命的可惡傢伙，老實說文彌很想立刻親手趕盡殺絕。

但即使是四葉家，也不能任憑情感的驅使殺人。對方是犯罪組織也一樣。若能不留任何痕跡消除人類就算了，以文彌的能耐還是得靠他人的協助才能收拾善後。

若能只靠四葉家就湮滅所有證據還好，但是非得請外力協助的案例也不算少。至少要有真夜的支持與指示，否則無法斷然著手驅除。

這次文彌接到的指令是調查。雖然情非得已，卻比什麼都不做好得多。文彌如此說服自己，注滿幹勁。

但他被自己人害得出師不利。

「少主。」

「笨蛋！噓～～！」

文彌小聲斥責搭話的黑衣人。

「別在人群裡這樣叫我！要是莫名引人注目怎麼辦？」

「不好意思。」

黑衣人是四葉分家之一——黑羽家的家臣，文彌父親的部下。看來他多少懂點常識，不只是沒戴墨鏡，也立刻理解文彌提醒他的原因。

「總之，先去事務所吧。」

文彌也沒有繼續嘮叨抱怨，下令移動。他認為要是一直待在車站月臺不動，就某方面來說會引人起疑。

「屬下為您帶路。要幫您拿行李嗎？」

「不必。」

文彌結束問答，主動踏出腳步。

◇◇◇

有希走出公寓自家，已經是太陽即將下山的傍晚。要不是陰天，天空肯定染成火紅，但厚重的雲層使得戶外已經開始變暗。

和搭檔鱷塚講完電話經過了五小時，但她這段期間並不是睡回籠覺偷閒，光是打掃洗衣完畢就到這個時間了。

她的住處是公司安排的廉價公寓。基於工作特性，只有隔音與保全做得完善，家庭自動化系統只準備最底限的類型。即使如此，家事負擔也比一百年前大幅減輕，但因為打掃與洗衣都沒有經常做，所以光是完成一人分就花了這麼久。

「……時間剛剛好。」

來到屋外拉門把確定上鎖之後，有希輕聲這麼說。時間正如預定是事實，不過知道她今天行動的旁觀者聽到這句話，應該會覺得像在辯解吧。

在公寓前的馬路，一輛熟悉款式的廂型車超越她之後，在前方不遠處停車。雖然從灰色改漆成褐色，不過這是她搭檔的工作用車。

有希迅速跑向廂型車，伸手握住副駕駛座的門把。門沒鎖。她就這麼坐進副駕駛座。

正如推測，開車的是搭檔鱷塚。

「發車。」

「收到。」

鱷塚將駕駛桿打到自動模式。這附近是交通管制系統的管理區域。目的地大概已經輸入，廂型車光是這個操作就無聲無息起步。

「所以，要去哪裡？」

有希的這個問題本來很奇怪。因為這趟外出不是鱷塚邀有希，反倒是有希叫鱷塚出來的。

「我想去監視一下目標對象的家。」

但鱷塚沒露出傻眼表情或困惑模樣，回答有希的問題。鱷塚很清楚搭檔現在處於坐不住的精神狀態。

「沒問題嗎？那裡是九重八雲的地盤吧？」

「當場採取行動應該不太妙，不過實在是查不到情報。」

「不能悠哉拖下去是吧……」

即使不是滅口也要盡快完成的工作並不罕見。說成「走一步算一步」不太好聽，但是一邊跟蹤一邊找機會下手也是一個方法。

有希沒多說什麼，稍微將座椅往後倒之後靠在椅背上。

關於目擊者司波達也，現在知道的情報只有姓名、住址與就讀的學校。換句話說已經知道住家位置。

載著有希與鱷塚的廂型車，緩緩經過目標住家門前，停在隔兩個區塊的地方。

有希不是從副駕駛座，而是從後座開門下車。她身穿連身工作服，頭戴的棒球帽壓低，長髮藏在工作服裡。雖然是簡單的喬裝，但總比沒有好。

而且，有希認為即使被察覺也無妨。關於那次的殺人任務，沒有跡象顯示警方收到凶手的目擊情報。司波達也沒將有希的事告訴警察。

他不可能沒察覺那個事件是由有希下手，也絕對知道有希的長相與體型。

那個國中生基於某個理由無法向警察報案。

有希是這麼推理的。

所以即使自己被他看見，也不用擔心他報警，反倒可以對目標對象施壓。她是這麼認為的。

話是這麼說，但是與其被提防，最好還是別被他發現。有希一邊注意自己別太顯眼，一邊環視兩側尋找適合藏身的場所。

雖說駕駛在車上，車子也不能在路邊停太久。即使有希找不到藏身處，車子經過一段時間之後還是得移動。在這種場合必須暫時留下有希，不過命運女神在這個場面向有希與鱷塚微笑了。

一輛自動轎車駛離目標對象的家。

副駕駛座是那名過於美麗的少女。

有希親眼確認，駕駛座是目標對象的國中生司波達也。

「Croco，就是那輛轎車！」

有希連忙衝進副駕駛座指示搭檔。

這時候的Croco——鱷塚已經開始準備讓車子掉頭。

廂型車當場旋轉。這是利用四輪驅動，讓右側車輪與左側車輪反向轉動進行的迴旋。四輪以獨立馬達驅動的現代電動自動車才做得出這種動作。

「Nut，那輛車上有駕駛嗎？」

「這麼說來，我沒看見。」

就有希看來，車上只有司波達也與他的妹妹。

「原來如此，是自動車吧。」

昔日稱為「自動車」，以車輪自己前進的交通工具，如今稱為「自走車」。這是因為「自動車」被當成「自動駕駛車輛」的意思使用。

不過鱷塚在這裡說的「自動車」這個詞，不是單純的「自動駕駛車」，而是「自動駕駛專用車」的意思。

在中央交通管制區域自動駕駛的時候，原則上擁有駕照的駕駛還是必須坐在駕駛座。但只有不具備手動駕駛機構的自動駕駛專用車，不需要擁有駕照的人共乘。

成為市民代步工具的自動計程車「通勤車」就是其中的代表，但私人擁有自動車的例子也不到罕見的程度。沒有富裕到能僱用真人司機卻位居頗上流階級的家庭，會利用客製化的自動車。

「看來是有錢人。」

對於私人擁有「自動車」，有希的感想屬於平民又常見的類型。

抵達目的地之後，這個感想變得更強烈。

「那是什麼建築物？」

副駕駛座的有希遠眺外型相當時尚的西式建築輕聲說。

「是禮儀學校。適合千金小姐的補習班。」

有希那句話是自言自語，但鱷塚以為她在發問所以轉身回答。

「補習班？裡面在教什麼？」

「各種東西。鋼琴、茶道、插花、社交舞或用餐禮儀……將所謂的『才藝』一起傳授給學生的『大小姐培訓班』。」

「哈，一般所說的貴婦嗎？」

「但我認為真正的貴婦不會來這種地方，而是請家教。」

有希哼笑之後，鱷塚以酸溜溜的語氣回應。雖然在犯罪組織的實行部隊很常見，不過這兩人好像對有錢人沒什麼好感。

「嗯？已經結束了？」

行經品味高尚（以有希的說法是擺架子）外門出現的轎車，使得有希面露意外。

「不，應該不是。那種地方男性止步，下課的時候應該會再來迎接吧。」

發現自動車上只有司波達也一人的鱷塚笑著否定。

「男性止步？」

「不只學生，講師也是女性，職員也是女性，警衛也只有女性。除了特殊日子，好像連父親也只能進到門廳。」

「真的假的……二十一世紀都快結束了耶？」

走錯時代的程度也太誇張了。有希臉上是這麼寫的。

「這也是地位表徵吧。雖然覺得無聊，不過對我們來說便於行事。」

鱷塚將駕駛桿往前推。

載著兩人的廂型車，追著轎車類型的自動車起步。

◇　◇　◇

在這個時候，黑羽文彌晚一步前往司波深雪就讀的禮儀學校。

四葉家當家派給文彌的任務，是調查想對當家真夜的侄子，也是文彌的從表哥——司波達也不利的殺手。禁止更進一步的舉動。

不過文彌無法坐視達也前往已知有刺客埋伏的場所。

如前面所述，文彌非常仰慕達也。比他大一歲的從表哥，或許是等於甚至大於文彌雙胞胎姊姊的存在。

以距離來說，姊姊比較近。

但是投注的心意強度不分軒輊。

傾慕。憧憬。心醉。崇拜。

感覺每個詞都適用，每個詞都不太符合。

對達也投注如此強烈的情感，卻有人想取達也性命。得知這件事的文彌不可能靜得下心。

即使知道沒人危害得了達也也一樣。

「大小姐。」

大型轎車的駕駛座，戴著白手套的黑衣人頭也不回向後座搭話。

獨自坐在後座的鮑伯頭少女板起臉看向駕駛。

這名少女是黑羽文彌扮裝後的模樣。男扮女裝絕對不是他的嗜好。因為知道這樣可以有效隱藏真面目，所以文彌乖乖接受打扮，但是對他來說，被當成女生看待真的是情非得已。

其實他也想立刻阻止駕駛叫他「大小姐」，但是言行舉止從平常就必須按照外表，否則不知道會在什麼地方露出馬腳。文彌只將不悅感寫在臉上，硬是將壓力吞下肚。

「什麼事？」

文彌以在女生之中偏低，但聽起來只像是少女的聲音與語氣反問。文彌徹底受過訓練，下意識就能讓聲音與動作搭配外表——說來遺憾，語氣與用詞沒成為「像是女生的說話方式」所以稱不上完美，但即使是真正的女國中生也經常沒使用女性用語，這種程度應該在容許範圍內。

「達也大人好像離開禮儀學校了。」

黑羽家旗下的魔法師，在文彌面前會將達也尊稱為「大人」。因為他知道沒這麼做會壞了文彌的心情。

文彌會使用不傷害身體只給予痛楚的魔法。疼痛的強度也是隨心所欲。因為不會留下傷口，所以對於成為出氣筒的這邊來說更加惡質。

「來晚了嗎……有跟蹤去向吧？」

「管制系統的訊號正在追蹤。」

達也搭乘的自動車，由交通管制系統進行無線控制。從ＩＤ查詢現在位置是提供給大眾的服務，只要沒有非法取得ＩＤ就不是違法入侵系統。

達也用來接送深雪的自動車ＩＤ設定為不對外公開，但是情報在四葉家內部共享。除非電波受到干擾，或是達也那邊將位置情報切換為完全不公開，否則文彌他們不會找不到他的去向。

不過，系統只能查出為了自動駕駛而發送ＩＤ的車輛位置，不知道路上是否有手動駕駛的車輛。在交通管制區域內，姑且有義務要以自動駕駛裝置行車，但就算是手動駕駛，只有沒違反其他的交通規則就不會被實際取締。

即使殺手的車在跟蹤達也，現在的文彌他們也無從得知。若能入侵市區監視器就另當別論，但是如果就在附近，接近到肉眼看得見的距離比較省事。

文彌晃著假髮，檢視管制系統提供的地圖資料。

達也的車還在道路上，不過離他們沒有多遠。由於是依照系統控制行車，所以速度也低於法定速度。

若是手動開車，應該可以在短時間內追上。

「拉近距離。被達也哥哥看見也沒關係。」

司機依照文彌的指示，將駕駛桿大幅往前推。

文彌被壓得背靠椅背，窗外流動的景色加速。

◇　◇　◇

有希與鱷塚追蹤的自動車，開進距離禮儀學校沒多遠的餐廳停車場。

這是在關東地區廣設連鎖店的時尚餐廳，鄰接的停車場是兩層樓的自動式，確保可以停放十幾輛車的空間。

載著目標少年的車停在一樓的部分。目標對象走下自動車之後，看起來沒有特別提防周圍就進入餐廳。

「Nut，怎麼辦？」

鱷塚將廂型車停在稍微遠離餐廳的路邊，詢問有希。

「店裡人太多了……」

在廂型車上看不見店內，不過從停車場停的車輛數量推測，店內有十名以上的客人。暗殺目擊者的現場可能會被許多人目擊。冒這種風險是本末倒置。

而且有希不想殃及無辜。

有希是殺手，她所屬的亞貿社是犯罪結社。

但亞貿社不是「只要拿得到錢就敢殺任何人」的這種組織。政治上的殺人業者。基於「社會正義」從社會排除「惡」。這是有希所屬公司的「理念」。

這大概比只以金錢為目的的犯罪結社還惡質。即使是才十字頭過半的有希也隱約明白。

不過，既然對象是以善良市民為糧的惡徒，即使下殺手也不會感到太大的抗拒。這樣的側面確實存在。上次殺掉的那些青年，也是以非法毒品讓十幾歲的少女成癮，實質上強迫她們賣春的人渣。

不向少女拿錢，也不叫少女拿錢，「約會」時由對方男性交付非法毒品。沒有明確告知「只要約會就能得到毒品」，而是介紹「可能擁有毒品」的男性，這種手法在司法上也很難成案。

所以，由她來「制裁」。

組織——亞貿社的工作固定是這一類型。

事實上，她受命除掉的對象，雖然性質各有不同，卻都是人渣。

只不過有希並非將這種說法照單全收。因為她明白，即使講得再怎麼冠冕堂皇，他們做的也都是違反人道的犯罪行為，也明白光講大道理不可能維持組織運作。

而且到頭來——她就像這樣為了自保而企圖殺人。

自己終究是殺人犯。

自己終究是重刑犯。

有希如此告誡自己，藉以掩飾迷惘。

「開進停車場。上二樓。」

「收到。」

鱷塚沒問理由就聽從有希的指示。

廂型車停好之後，鱷塚在駕駛座露出「接下來怎麼做？」的表情看向有希。

「Croco，你進餐廳監視那傢伙。」

「等他離開餐廳再通知妳就好？」

「沒錯。能夠長話短說真好。」

「因為我是搭檔。所以，妳要在這裡埋伏等目標是吧？」

「嗯。會看狀況出手。」

如果到時候四下無人，就在這個停車場解決。有希做出這個決定。

◇◇◇

「就是那間店。」

不必聽身穿黑衣的（父親的）部下說明，文彌也從前座背面設置的螢幕掌握達也自動車停放的場所。

「開進停車場。」

「……可是，不是禁止出手嗎？」

坐在副駕駛座的另一名黑衣人如此提醒。

「我不會接觸。」

但文彌不聽制止，在車子停在停車場一樓之後下車。
就這麼進入餐廳。
視線集中在文彌身上。這或許是理所當然。
為了讓喬裝變得確實，現在的文彌徹底化妝。講難聽一點就是上了濃妝。
效果不只是隱瞞性別，年齡看起來也大了三四歲。
即使如此，看起來也只像是女高中生，頂多是剛入學的女大學生。
雖說時間還不到下午七點，但天色已經完全變暗。已經不是妙齡少女獨自來到餐廳的時段。
像是現在文彌這樣的「美少女」更不用說。
先進入店內，代號「Croco」的鱷塚也不例外。
而且達也也看向文彌。
就像是這年紀少年看見美少女時的「正常」反應。
達也看向文彌只是一瞬間的事，也就是所謂的「偷瞄」，或者說是在他人眼中看似「偷瞄」的動作。他從文彌打扮成的美少女身上移開目光，看向桌上的咖啡。他的雙耳塞著耳機，一副將注意力重新集中在耳際音樂的樣子。
暗中觀察達也的鱷塚也這麼認為。

文彌坐在餐桌座位，不經意觀察這些微妙的視線動向。

（……那傢伙嗎？）

文彌的豔姿意外具備凸顯可疑人物的效果。

凸顯出沒將注意力朝向美少女的男性。

（——話說也看得太過火了吧！）

沒有「偷瞄」文彌的男性，只有監視達也的鱷塚。連達也都不時看向文彌，以免遭人起疑。

不用說，這個狀況非文彌所願。但他也不能主動表明真面目，非得面不改色忍受同性投向他的噁心視線（達也的視線除外）。

就這麼持續忍耐兩小時。

文彌的苦行終於迎來結束的一刻。

達也起身離席。

同時，文彌發現他盯上的男性——鱷塚寄出電子郵件。

文彌以桌上的終端機結帳，假裝要上廁所，從後門走出餐廳。

殺手二人組之一、店員或是任何人，都沒察覺到消除氣息的文彌。

◇◇◇

派搭檔鱷塚進入餐廳之後的兩個小時，有希壓低氣息躲在廂型車後座——不，正確來說是靜靜吃著草莓馬卡龍躲在後座。

為了避免被車外看見，駕駛座與副駕駛座以外的車窗都設為不透明模式。行駛時頂多只能設為半透明模式，但如果是停在停車場的狀態就不會遭到責難。

只是如果看見有人窩在餐廳停車場的車上，肯定會覺得可疑。以某些人的個性還可能報警。別被路人或店家的人發現是最好的。

有希在女生之中也算嬌小，廂型車內部比雙門或四門轎車寬敞，待在車上不會感覺狹窄，但是等得比預期還久，使她感到不耐煩與不安。她之所以在吃草莓奶油夾心的馬卡龍，以她自己的說法是藉由糖分防止精神狀態變得不穩定——不過大概只是藉口。

此時，通知的電子郵件終於來了。

有希吞下嘴裡的馬卡龍，迅速下車。

二樓的地板是鋼板製，她卻沒發出聲音，像是貓咪靜靜跑向階梯。

就這麼躡腳下到一樓。

躲到柱子後方，目標少年隨即出現在停車場。

少年筆直走向自己的自動車。

——沒被發現。

有希這麼認為。

她將脖子上的領巾拉到眼睛下方，重新壓低棒球帽隱藏長相。

意識朝向自己的異能，提升身體能力。

——從柱子後方無聲無息衝出去，在第三步往上蹬。

——避免撞到天花板縱身低跳，在空中揮下刀子。

有希就這麼維持腦海模擬的這幅影像，反手握刀踏出第一步。

就在這個時候——

少年轉身了。

強烈的目光射穿有希雙眼。

她不由得愣在原地。

「呀啊～～！」

撕裂黑暗的**少女**哀號。

當然不是從有希喉嚨發出的聲音。

有希不禁轉身。

身穿及膝連身裙的嬌小人影。

雖然逆光看不見臉，但是從髮型與衣服輪廓判斷，應該是國中或高中女生。

之所以哀號，肯定是看見有希手上的刀。

有希放棄攻擊目標對象，徹底發揮強化的腿力離開現場。

[4]

雖說是星期日，殺手也沒有休假。即使採取公司的經營形式也一樣──說起來，並不是所有私人企業都會每週挑固定的一天放假。

所以星期日早晨，還在睡的有希被傳喚的電話叫起來上班也是在所難免。

「……這麼一大早有什麼事？我連早餐都還沒吃耶？」

「大概是昨晚停車場的那件事吧。請用。」

今天不是開廂型車，而是開小型房車來迎接的鰾塚，以安撫語氣如此回答，同時朝副駕駛座的有希遞出一個塑膠袋。

袋子裡是她愛吃的巧克力螺旋麵包以及寶特瓶冷飲。

有希立刻從袋裡取出巧克力螺旋麵包啃。看來她喊餓並不是嘴上說說。

轉眼吃完麵包，寶特瓶飲料也喝光之後，有希再度進行對話。

「昨天的那個，可不是我出了差錯喔。在那種狀況，原則上應該別勉強直接離開。」

她一臉正經說完，以不經意的動作（她自己這麼認為）擦掉嘴角的巧克力醬。

「妳對社長這麼說明就好吧？」

鱷塚露出忍笑的表情，從車門內側取下小垃圾桶遞向有希。

「真麻煩……」

有希視線從鱷塚移開，將擦嘴角的面紙、寶特瓶與塑膠袋扔進搭檔遞來的垃圾桶。

「這也沒辦法喔。報告、聯絡、商量是組織成員的義務。」

「……到公司上班的殺手，果然很好笑。」

「現在啊，本事再好都沒辦法獨自接案過活。就是這種時代喔。」

「嘖。」

有希咂嘴之後，這次將整張臉撇過去，對此鱷塚終於露出苦笑。

從社長室回來的有希，一臉精疲力盡的樣子。

「意外地快耶。」

鱷塚笑著搭話，有希以殺氣騰騰的眼神瞪他。

「……有什麼好笑的？」

「不是好笑喔。如果只有社長就算了，常務董事只說教三十分鐘就結束算很幸運吧？」

「那傢伙能以舌頭殺人耶……」

「跑外務」的有希在辦公室沒有固定座位。她一屁股坐在開放式空間的椅子上。

「有夠死纏爛打的……就說長相沒被看見了，講幾次他都不信。」

有希被叫進社長室，是為了報告昨晚停車場事件的經過。

報告現場成為斥責舞台是常見的事，看來即使是犯罪組織也一樣。

「關於這麼久還沒收拾，上頭沒說什麼嗎？」

「上頭說會派人支援，真是太感謝了。」

有希嘴裡說感謝，語氣卻是滿不在乎。

「應該不是要組成小隊吧？」

「怎麼可能。」

有希哼笑否定鱷塚的問題。

「這樣啊……」

鱷塚露出稍微鬆一口氣的表情，看來他也不想被其他殺手擺布。

「順便問一下，誰會幫忙？」

「說是Bobby跟Jack這兩人。」

「這還真是……」

聽到在公司內部也惡名昭彰的炸彈魔與享樂殺人魔代號，鱷塚板起臉。

如果落得和他們一起出任務……鱷塚大概是這麼想吧，氣色有點差。

「Jack就算了，我可不想被Bobby擾亂。Croco，趕快解決那傢伙吧。」

有希在懶散表情裡透露犀利目光，向鱷塚這麼宣告。

「嗯，那當然。」

理解有希真正意圖的鱷塚露出鄭重表情點頭。

有希不喜歡殃及非目標對象的爆炸殺人手法。她打從心底認為自己的殺人是有意義的。不，正確來說是想要這麼認為。

制裁無法以法律制裁的惡徒。簡單來說，這是亞貿社標榜的理念。鱷塚知道這當然只是表面話，有希也在道理上理解這一點。

但是她的情感想相信這個理念。即使百分之九十九是空洞的表面話，她也打從心底相信存在著百分之一的真實。

有希是剛滿十七歲的少女。即使第一次殺人是十二歲的時候，成為職業殺手已經滿三年，但她要拋棄夢想與希望還過於年輕。

過於年輕，無法理解這個世界沒有善與惡，善惡都是人們擅自貼上標籤。

心底無法認同自己只是為了活下去而殺人。

所以她對炸彈這種道具感到厭惡。因為炸彈不只是炸死壞人，還會殃及無辜的一般人。

但是鱷塚認為有希這樣就好。

殺手各自擁有擅長的風格。炸死人的做法不適合她。既然討厭炸彈，也不必對自己不適合的風格示好吧。

而且，與其胡亂習得知識導致刀鋒因為罪惡感變鈍，相信法外的「正義」對於本人來說肯定比較幸福……

◇　◇　◇

星期日下午。文彌將狙擊達也的殺手資料調查完畢，造訪四葉本家回報結果。

之所以沒使用電話，不是因為害怕竊聽，而是除了報告還有其他事情。

父親貢沒有陪同，文彌獨自面會四葉家當家四葉真夜。報告殺人結社「亞貿社」的相關情報之後，文彌說出他的願望。

「總歸來說，你想報名擔任達也的護衛？」

溫柔的語氣與冰冷的視線。

文彌才十三歲，卻不會誤判哪邊才是真夜的真心話。

即使如此，他還是沒氣餒。

「不是擔任護衛，是想給反抗四葉家的犯罪組織一個教訓。」
「給個教訓是嗎……為什麼不早早摧毀？」
「因……因為，今後或許有利用價值……」
不過，看來十三歲的文彌對於問答的預測還是太天真了。
真夜就這麼愉快注視結巴的文彌，呼叫斜後方待命的葉山。
「亞貿社那群人好像是忍者集團。」
葉山將電子紙的終端裝置遞給真夜。紙上記載的資料比文彌調查的結果還要詳細。
文彌臉上露出不甘心的表情，但其中沒有責備真夜或葉山的神色。調查狙殺達也的組織，是用來測試文彌的實力。他沒忘記當家一開始就是這麼說的。既然是測驗，為了對答案而預先從其他管道調查也是理所當然。
「不是忍術使，是體術忍者啊。」
忍術使是古式魔法師的一派。「體術忍者」不是原本就有的用語，是為了將無法使用魔法的忍者和古式魔法師的忍術使做區別而即席創造的用語。
魔法成為科學的對象，世間認為虛構的魔法被確認真實存在時，世間也得知忍術不只是單純的體術或中世諜報技術的體系，稱為「奧義」的部分屬於一種魔法。
原本認定是虛構，被蓄意認定是虛構的詭異「技能」。代代傳承這種技能的古式魔法師就是「忍術使」。

不過，並不是所有「忍者」都是「忍術使」。

魔法是罕見的才能。「忍者」中的「忍術使」果然是少數派。除了擁有特別血統的人，幾乎沒人能繼承「詭異的忍術」這種特殊技能。

「哎呀？雖然不是魔法師，卻也有異能者耶。既然加入犯罪結社，是野生的超能力者嗎？」

「是的。」

現在，魔法受到國家的管理。民間魔法師除了部分例外，政府都掌握所在地。這裡說的部分例外是住在遠離人煙的深山、孤島，或是犯罪逃亡中的場合。只要以國民身分接受行政服務，就無法逃離國家的眼線，雖然普通市民就是如此，但以魔法師的狀況做得更徹底。例如高階魔法師實際上禁止出國，也就是限制移動的自由。魔法師的管理體制嚴謹到連如此強硬，就某方面來說侵害人權的做法都橫行無阻。

不過這層監視網也無法悉數網羅魔法師天分不完整的對象。無法對應魔法這種系統，先天只能使用有限的技能——能使用特定超常能力的異能者「超能力者」，是監視網疏於追蹤的對象。

甚至沒被國家魔法管理體制按上失敗烙印的落魄異能者只有三個選項：主動將異能出賣

給政府，成為沒有任何超常能力的普通人活下去，或是成為罪犯發揮異能。而且說來悲哀，選擇第三個選項的案例最多。

葉山點頭回應真夜這個問題，意思是亞貿社的成員包括這種異能者。

「達也閣下牽扯上的暗殺者，好像也是異能者。」

達也是當家深夜的侄子，對於葉山來說是主人的親戚。即使如此，他也不是稱呼「達也大人」而是「達也閣下」，不是說「被牽連」而是「牽扯上」，反映了達也在這個時間點在四葉家內部所處的微妙立場。

「這孩子是吧。」

電子紙上大篇幅記載葉山提到的暗殺者相關資料。真夜沒花太大工夫就找到這份報告。

「名字叫做榛有希……是本名嗎？」

「好像是。前提是沒有篡改戶籍。」

「哎，這種事不重要。能力是身體強化……很常見。」

「肌力、知覺速度與反應速度同時在瞬間強化的能力。實戰時應該挺有用的。」

「這種程度的強化，用藥物就做得到吧。」

即使葉山說明榛有希這種異能的有用性，真夜看起來還是興趣缺缺的樣子。

「……但是反過來說，能力等同於用藥強化的異能者就這樣放任在外。」

不過，看來她以自己的話語為契機，朝別的方向感到憂心。
對於高階魔法師來說，如果是正面作戰，身體強化的異能不足為懼。
但如果是在沒有警戒的狀態被接近，即使是四葉家的魔法師也很危險。
因為魔法師只是能使用名為魔法的技能，身體性能和一般人沒有兩樣。
更不用說會對沒特殊能力的一般人造成威脅。
「確實如此。不過這件事本身和貴家無關就是了。」
「我想避免一般人因為達也而受害。」
真夜這句話有語病。正確來說應該是「想避免一般人因為達也而受害導致他人批判」，進一步來說，「想避免一般人受害導致達也受到注目」才是四葉家當家的真心話。
隱藏達也的存在，是四葉家在這個時間點的共識。國防軍某些人知道達也這個人，但四葉家已經和該部隊協議保密。想避免進一步受到四葉家以外的人，尤其是魔法師社會有力階級——十師族與百家的注目，這是真夜與四葉分家當家的想法。
「……好吧。文彌，准你介入。不過切勿被人發現你的真實身分。」
「屬下明白。」
獲准出手的同時被如此叮囑，文彌在內心歡呼，表面上則是以嚴肅表情點頭。
「文彌的國中由我們這邊打理。葉山先生，麻煩你了。」

「遵命。」

文彌就讀的國中是四葉家暗中支配的私立學校。魔法大學及其附設高中是國立學校，所以即使是十師族也無法插手，但是和魔法教育沒有直接關係的小型私立學校，背後有魔法師一族（不限四葉家）掌控的例子意外地多。

魔法的正規教育由魔法大學與魔法大學附設高中獨占，另一方面，魔法師的天分大多在國小高年級到國中階段顯現。有力魔法師一族之所以參與私立國中的經營，是想讓前途有望的少年少女就讀他們掛鉤的學校，在將來收為部下。

除此之外，涉足「檯面下」社會的一族，會準備能夠自由缺席的學校方便派子女出任務。真夜對葉山下的命令就是後者的使用方式。

「文彌，要在兩週內解決。可以吧？」

「遵命。兩週就夠了。」

文彌以現在做得出來的最恭敬動作行禮。

◇　◇　◇

保全系統再怎麼發達，闖空門的犯罪也不會絕跡。因為使用系統的是會失誤的人類。如果是完整的自動保全，連開鎖都很費工夫。基於這種理由，不小心就這麼維持在家模式出門的人從沒少過。

有希潛入的就是這種民宅的二樓。從她定點監視的窗戶勉強看得到司波達也住家的門。

『Nut，有動靜嗎？』

「沒有。」

骨傳導耳機傳來搭檔的這個問題，有希冷淡回答。

「那傢伙打算一直窩在家裡？」

但她隨即就忍不住發牢騷。她已經像這樣將近八小時躲著不動。基於職業特性，有希早已習慣躲著不動，但現在不是正在相互廝殺。因為缺乏賭命的緊張感，所以她更感疲累。

『因為是星期日啊。大概沒事要外出吧。』

「他是國中生吧？不會出去玩嗎？」

沒上高中就加入殺人結社的有希，將自己的狀況放在一旁輕聲說。在通訊線路的另一頭，鱷塚將「妳有資格這麼說嗎？」這句吐槽吞回肚子裡，但有希沒察覺。

時間即將九點。不是早上，是晚上九點。住在這個家的人們到這種時間都沒回來是出乎預料的幸運，但也差不多必須撤收了。

說起來，有希原本不想撐到這麼晚。問話（別名職權騷擾）本身短時間就結束，但是到頭來東摸西摸到了快中午才離開公司。後來午餐也和早餐一樣以速食解決，下午一點多潛入這個家。

時間是星期日的下午。既然是國中生當然會外出，有希原本如此猜想而監視，不過看來她錯認目標對象是一般的正當少年了。

現在的有希是這麼想的。

『……就算是國中生也不一定會在假日外出喔。可能在家裡打電玩，三年級的話或許也會念書準備升學。』

不過她的搭檔似乎抱持不同想法。

「既然這樣就早點說啊。」

被有希發洩不耐情緒的鱷塚，再度將「我不是在妳定點監視之前就這麼說了嗎？」這句反駁吞回肚子裡。事到如今講這個也沒用，而且他要展現成熟的態度。

『總之，今天要不要放棄然後回來？』

「……說得也是。」

牢騷被無視的有希，也沒有繼續亂發脾氣的意思。對她來說，她應該歡迎搭檔這麼提議。

不過……

「——等一下。」

事態往往是在這種時候有所進展。

「出來了。是那傢伙。」

目標對象從她監視的獨棟住宅大門現身。

『要派無人機嗎？』

鱷塚這個問題的意思是要不要用無人機跟蹤目標。某段時期當成輸送工具而廣為普及的多軸無人機，如今也禁止在市區飛行。不過管制與犯罪經常是你追我跑的關係。極靜音的隱形無人機開發成功，主要用在偷拍目的——而且偷拍的不只是犯罪組織。

「不，我來跟蹤。」

不過以現行技術，即使能消音也無法消除身影。雖說可以讓人難以看見，完全和景色同化的技術卻還沒完成。自己被發現的風險比無人機低。這是有希的判斷。

『知道了。雖然對妳應該不必這麼說，但是小心別被發現啊。』

「如果沒自信，我就不會講這種話了。」

對於鱷塚基於常識的提醒，有希無懼一切地放話。

有希離開潛伏的住家之後，立刻找到目標對象的背影。要在避免引人起疑的狀況下從霸占監視的二樓通過玄關與大門，非得從目標對象移開視線。這段期間跟丟目標對象是有希最擔憂的結果，所以她暗自鬆了口氣。

有希就這麼保持一定距離，跟在目標對象後方。雖然沒大意，卻也不認為對方會發現。有希擅長使用的武器是刀子。她的工作風格是接觸對方之後刺殺。神不知鬼不覺跟蹤並接近的技術對她來說不可或缺，而且她在三年來的暗殺人生立下從來沒被發現過的實績。有希對自己的隱形術與跟蹤術抱持自信。

目標少年司波達也連一次都沒轉身，朝著車站行走。

（……為什麼不搭通勤車？）

有希稍微感覺不對勁，但是專心跟蹤的她，無暇深入思考這個不經意浮上心頭的疑問。沒查明異樣感真面目的理由不只這個。

即將走到大馬路的前一個十字路口發生事件了。

她的目標對象突然被四名成年男性包圍。

不是恐嚇或衝動施暴的流氓。即使隔一段距離，光靠路燈照明就看得出是實戰體格。明確聞得出他們是以暴力為業的人。

（不會吧？）

有希連忙往前跑。雖然沒忘記消除腳步聲，卻疏於隱藏氣息。她就是如此慌張。

包圍目標對象的男性們另一側，停著一輛融入黑暗的深灰色大型轎車。有希清楚得知男性的意圖了。

是綁架。

那些男性想帶走司波達也。

如果他們只是要殺掉司波達也，對於有希來說是樂見的結果。她應該會袖手旁觀吧。

不過刻意花工夫綁架，很難認定只是要取人性命。只是要殺掉的話可以當場下手。

即使最後會殺掉，在這之前應該會試著詢問吧。

這就不妙了。

如果自己的事經由那名少年為人所知……

世間也有殺手積極宣傳自己，提升自己的商品價值。

不過這肯定是例外。職業殺手大多隱藏真實身分生活。

不只是因為這樣比較能融入一般市民。因為自己的特徵要是為人所知，工作會不好做。

「身為少女」是有希這個暗殺者的一大武器。不只是身為女性，她個頭嬌小，看起來實在是手無縛雞之力，一副和暴力無緣的樣子。

想在不引起戒心的前提接近對方，這是最適合的外貌。

分配給有希的工作，大多是能活用她容貌的這種案件。

——有個身高一五〇公分左右，體型嬌弱的殺手。
光是這種傳聞傳開，她的工作就會明顯變得困難吧。
男性們要帶少年上車。
少年看起來沒有抵抗的動作。
（你啊！給我展現一點毅力吧！）
有希臭罵無意抵抗的少年，朝自己的雙腿使「力」。
身體強化的異能解放。
她的嬌小身體爆發性地加速。
不過代價是藏不住腳步聲。四名男性一齊轉身看向有希。
（哎，可惡！）
有希不想和應該是暴力專家這些男性打起來。她想要率先解決原本的目標對象司波達也之後離開現場——前提是做得到。
但她也知道自己的得意算盤打得太響。
四名男性之中的兩人擺出迎擊有希的架式。另外兩人帶著有希鎖定的少年要坐上大型轎車。
此時，有希攻擊了。

飛刀瞄準司波達也射出。

出乎意料的攻擊，冷不防令男性們吃了一驚。

飛刀鑽過他們魁梧身軀圍成的柵欄細縫襲向少年。

但是小小的利刃從稍微往後仰的少年眼前經過，飛越轎車之後在民宅牆壁反彈。

一人喊著陌生的話語，兩人聯手將少年推上車。有兩人留在車外，大概是認為有希不是泛泛之輩吧。

從剛才的飛刀來看，這份認知並沒有錯。提防是理所當然。之所以在最後成為敗筆，是因為有希下一瞬間採取的行動過於違背常識。

兩人組架起刀子。

有希在前一刻稍微跳起來，手順勢撐在路面。

側翻……不，是側手翻接後空翻。

身體強化異能提供跳脫常識的跳躍力，有希的身體藉此飛上高空。

有希輕鬆跳過冷不防找不到她的雙人組，落在狹窄道路另一側聳立民宅的圍牆。

就這麼再度跳躍。

她輕盈跳到起步的大型轎車車頂。

即使身手矯健如貓，卻終究不是完全沒發出聲音。

車上所有人都察覺有人跳到車頂。

雖說道路狹窄，卻也確保雙線道的寬度。

轎車開始蛇行要甩落車頂的有希。

有希很乾脆地跳下車。

將駛離轎車的車號與特徵確實烙印在眼底。

此時，被她超越的雙人組趕過來了。

之所以沒開槍並不是因為沒帶槍，而是在意被居民聽到吧。

有必要的話肯定會使用。

有希沒小看雙人組的實力。

（不過就算這樣，也沒有不打的選項！）

不想留下目擊者，有希在這一點也一樣。她在雙人組面前展現了身體強化的異能。相較於殺人現場被看見，是基於不同的意義需要滅口。

敵方一人伸出沒握刀的手。有希踏步躲開。

另一人揮出刀子。

有希身體往後仰，但敵方的刀尖插入毛衣胸口。

下一瞬間，有希胸前其中一邊的隆起消失了。

沒有流血。

響起像是氣球破掉的小小聲響，有希胸口不是噴出血花，而是散發霧狀物。

「嗚……！」

割破有希毛衣的男性發出呻吟，像是暈眩般站不穩。

有希沒放過這個空檔。

她的刀刺向男性脖子。

沒有深深插入。反握的刀就這麼插著往有希的方向拉。

「……！」

男性發出沙啞不成聲的氣息，脖子大量冒出鮮血。

對於同伴的慘狀，兩人組的另一人沒有亂吼就舉刀朝向有希，證明他們應該是接受高度訓練的專家，不過有希這邊也沒大意。

高大的男性與嬌小的少女。有希的攻擊間距遠不如對手。

男性在有希的間距外圍揮刀。

對此，有希刺破剩下的另一邊胸部。

不用說，不是真正的胸部。是以非致命神經毒氣代替空氣注入的充氣胸墊。可以說是女性特有的祕密武器。

效果已經在剛才實際證明。第二名男性也和同伴一樣明顯站不穩。

即使如此，他還是架開有希的刀，大概是看過第一人被打倒的手法吧。

不過，既然距離感與平衡感失常，男性身手再好也無法一直擋下有希的刀。

男性大概也明白這一點吧。

他伸手想抓住有希。

只要近身扭打，距離感的劣勢就不是太大的問題。而且男性與有希的體格真的是大人與小孩的差距。他應該知道有希不是普通少女，卻還是深信自己的臂力占優勢。

有希也不抗拒比力氣。對於自己長不高抱持不滿的她，很喜歡使用異能以蠻力壓制壯漢。

不過現狀沒有餘力。有希沒空陪他「玩耍」。

有希鑽過男性雙臂，進入他的懷中。

仔細想想就很神奇。神經毒氣是從有希裝在胸前的充氣胸墊擴散。

有希肯定處於在最濃的毒氣範圍。

即使如此，卻在她身上看不出麻痺症狀。

這是她和身體強化並列的武器。

有希後天獲得幾乎完全不怕毒的抗性。不，斷言「後天」應該有語病。因為她的抗毒體質是身體強化的異能擴張到內臟機能而成立的。

不過原本只作用在筋骨、知覺與運動神經的身體強化擴大到解毒、排毒與防毒，是拜毒物適應的訓練所賜。

有希並非自己服毒。她的雙親在她不知道的時候持續計畫性地對她下毒。

有希是在雙親死後才知道這件事，沒機會直接詢問父母為什麼做這種事。雙親想對她做什麼或怎麼做，如今只能推測。

但是無論答案為何，她現在成為職業殺手的事實不會改變。

而且對於有希來說，父母賜予的完全抗毒體質，對她的殺手人生助益良多。

若是正面對決，即使有身體強化，有希和雙人組的力量差距也沒那麼大。但是被神經毒素侵蝕的身體狀態，連一半的實力都拿不出來。

有希的刀子從正面刺穿男性喉嚨。

抽出刀子的瞬間迅速向側邊踏步，所以有希免於濺到男性噴出的血。

但是待在屍體旁邊太久會沾染血腥味。

殺掉這兩人不在預定計畫之內。即使回報公司，處理班也不會安排清理吧。有希放棄隱藏屍體就離開現場。

身體強化的快腿忽左忽右飛奔到三個住宅區塊那麼遠，確認沒人追過來之後，有希開啟關閉至今的語音通訊。

「Croco，聽得到嗎？」

『Nut嗎？妳斷絕聯絡，我還以為發生了什麼事。解決了嗎？』

「出狀況了。」

『發生什麼事？』

戴在耳朵的揚聲器傳來搭檔狼狽的聲音。

聽到這個聲音，有希內心重新冒出大事不妙的實感。

「目標對象被綁架了。」

『妳說什麼？』

「Croco，你冷靜。綁架犯的車子是暗灰色的大型轎車。雷諾的國內型號。車號是多摩3xx—せxxxx。」

有希告知地區名、三位數編號、一個字的平假名與四位數的號碼。這是她從駛離的自動車看見的車牌號碼。

『多摩3xx—せxxxx是吧。』

鰐塚複誦一次。

「我在車頂設置發訊器了。你那邊應該收得到訊號。」

『請先講啦！』

鱷塚的聲音中斷。有希腦海浮現搭檔慌張操作收訊機的模樣。

『……好，捕捉到了。』

「告訴我場所。」

『不，我去接妳。這樣比較快。』

「這樣啊。那麼——」

有希告知會合地點。

鱷塚只說聲「收到」就結束通話。

「去接妳比較快」這句話一點都沒錯，有希抵達指定為會合地點的車站前面時，鱷塚開的廂型車幾乎在同一時間出現。

一停車，有希就迅速坐上副駕駛座。

「快點。」

「我知道。」

鱷塚一邊回應，一邊將駕駛桿往前推。

廂型車起步之後，有希在副駕駛座注視導航地圖。地圖右上角閃爍的光點，是她所設置發訊器的現在位置。

有希擴大顯示光點周邊。

光點沒動。

「意外地近耶。」

「是小規模獨立經營的化學藥品工廠。處理屍體應該難不倒他們吧。」

「如果別做多餘的事，只幫我們處理目標對象，這邊也樂得輕鬆就是了。」

「同感。」

鱷塚一邊和有希交談，一邊以交通管制系統容許的極限速度駕駛廂型車。

即使如此，抵達現場還是花了十幾分鐘。

「看得出裡面的樣子嗎？」

將有希目標的男國中生帶走的轎車，停在工廠建地內。

停在道路反向車道的廂型車上，有希視認之後如此詢問駕駛座的搭檔。她這麼問不是在仰賴超常的特殊能力，是詢問遠距離偵測生體訊號的生體雷達反應。

「不行。障礙物太多了。」

「哎，我想也是。」

即使聽到鱷塚的回答，有希也沒失望。廂型車能搭載的生體雷達靈敏度可想而知。如果在這個距離捕捉得到隔了好幾層牆壁的屋內狀況，算是走了好狗運。

「……只能進去看看嗎？」

「Nut。」

有希握住門把的時候，鱷塚按住她的肩膀。

「我知道會危險。」

有希轉過頭，輕輕撥掉鱷塚放在她肩上的手。

「不過，現在這樣也於事無補吧？」

鱷塚也理解這種程度的道理。但有希正要進行的潛入行動，風險不是以往的工作可以比擬。她將要隻身進入完全沒事先調查的敵方大本營。

不，到頭來甚至不確定是不是敵人。說不定會鑄下大錯驚動不相關的人。

但是看到搭檔少女露出的苦笑，鱷塚無法進一步制止。

有希想解決目標對象卻頻頻失敗到這種程度，就鱷塚所知是第一次。不同於「一般」工作，沒辦法花時間準備，或許是思考時必須除去的要素。但她急著處理是基於相應的理由。

原本在暗殺現場被目擊的當天，也就是星期三晚上就一定要除掉，今天卻已經是四天後的星期日。而且能夠確實殺掉目標少年的藍圖都還沒有個底。

包括這種隱情，自己是殺手的情報可能會洩漏給外人。在出現這種風險的現狀，有希明知危險還是只能硬闖，就鱷塚看來也是逼不得已的決定。

「……小心點。」

「我當然會小心的。」

鱷塚依依不捨目送下車離開的有希。

[5]

有希將嬌小的身軀壓得更低，穿過工廠大門。

外牆沒有高到翻不過去，但是不知道設置什麼樣的保全設備。要是在著地瞬間遭受電擊，在這個時間點就完了。相較之下，即使受到監視卻以人員進出為前提的大門比較安全。

以往會在入侵前清查保全機器的配置，所以不必擔心這種事。但今晚的狀況甚至不允許這種理所當然的貪求。

沒能預先勘查，做生意的工具也只有隨身攜帶的分。充填麻痺毒氣的胸墊沒準備補充用的充氣罐，所以前來的途中就在車上取下。

事前準備、武器與後援都不足。

條件這麼惡劣，或許是進入亞貿社至今的第一次。

有希想起加入組織之前，為了自己進行的廝殺往事。

保護自己性命的戰鬥。也是為雙親報仇的鬥爭。

第一次的殺人。

有希的雙親都是忍者。
不是「忍術使」，是不屬於魔法師的忍者。
只不過也不是完全沒有超常能力。父親完全無法使用法術，但母親能使用唯一的異能。
和有希一樣，是身體強化的異能。
雙親的真實身分，有希是在兩人過世之後才知道。
有希身為第三次世界大戰之後的世代，在小學生階段就知道魔法真實存在。使用神奇能力的「忍術使」從中世到現在大顯身手的歷史，她也在社會課簡單學過。
不過對於年幼時的有希來說，忍者和電視上的藝人差不多。
真實存在於某處，卻和自己無緣。
有希不知道自己一直接受忍者的訓練。
用來讓身體適應的毒物攝取，在日常的飲食生活中有計畫地進行。
忍者的招式是在有希睡覺時傳授。只讓意識入睡，將技術植入身體。
即使無法使用古式魔法「忍術」，傳承數百年的祕訣也做得到這種事。
格鬥術、刀劍術、手裡劍術、隱身術、輕身術。
毒物的使用法、陷阱的設置法。

除了年齡問題不可能習得的房中術，忍者的所有技術都在當事人都沒察覺的時候蓄積在十二歲少女的身體。

然後，「那一天」來臨了。

星期六下午，有希從小學放學返家，等待她的是雙親的屍體。

當時她好像放聲哀號，但她自己不記得。

昏倒再醒來的時候，她不是位於自家，而是飯店的某間客房。

同一個房間裡，有個和雙親同年代的女性表示已經收留她。

這名女性說自己是雙親的同事。

接下來整整兩週，有希和這名女性共處。

雙親的真實身分也是從這名女性得知的。一般來說難以置信，卻有證據證明所言不假。

就是有希自己的能力。

大概是將雙親的死設定成解除限制的鑰匙之一吧。

她突然變得能使用忍者的技術。

自己的異能「身體強化」的存在以及使用方式，就像是好幾年前就知道般想起來了。

這名女性傳授的不是能力與技術的使用方式。她告訴有希的是雙親的真實身分、工作內容與兩人遇害的內情。

有希的父母是一種傭兵。

委託人是犯罪組織，所謂的黑道。

擊退想侵略東京近郊的外國黑幫。雙親所屬的組織就是負責承包這種武力委託。

雖說是擊退，但好像沒殺人。要避免抗爭愈演愈烈而兩敗俱傷。這好像是雇主的意向。

雙親與同事的工作，是將商品管道斷絕並且向警方密告，脅迫想向外國黑幫圖個方便的政治家，以及在不出人命的前提之下動私刑以儆效尤。

不過到頭來，這份顧慮是多餘的。

父母所屬陣營和外國黑幫的血腥抗爭揭開序幕，兩人的生命被用來當成開戰信號。

好像是某個前委託人背叛了。

救出有希的女性也告知這個人的名字。

自稱母親朋友的這名女性想協助有希逃走。

不過連這名女性也犧牲之後，有希決定戰鬥。

現在也擔任搭檔的鱷塚，就是在那時候認識的。有希加入現在的公司之前就和鱷塚搭檔，一起進公司之後維持合作關係。

有希藉由鱷塚的助力開始報仇。

不只是實力，運氣也站在她這邊。

除掉十幾名黑幫幹部與幹練殺手，終於來到背叛雙親的黑道分子面前。最後的復仇舞台，是黑道叛徒的毒品工廠。

有希在這裡成功為父母與恩人報仇，但她自己也身受重傷。

雖然沒立即死亡，不過基於死神找上門的意義是致命傷。

在逐漸模糊的意識中，有希懷抱的是「我做到了」的滿足感與「走運到現在該還債了嗎」的死心念頭……

（……慘了。這就是走馬燈嗎？）

意識發出警告。

無法解讀現狀已經夠嚴重了，要是被雜念分心降低注意力，可能會因而沒命。

之所以想起這種無聊事，有希認為肯定是因為正在入侵的這裡有點像是當時的毒品工廠。為了從腦海消除往事，她專心觀察四周。

同行有人炫耀自己感覺得到機械的視線。可惜有希沒學會這種超凡技術。如果是他人的氣息或視線就大致感覺得到，但若是隔著機械的監視就只有「隱約覺得被看在眼裡」的程度。既然無法判別是從哪裡被看見，這種模糊的感覺就沒有意義。

不過至少知道有沒有人在看。即使「有人在看」的情報沒意義，知道「沒人在看」還是有其意義。

自從鑽過工廠大門，有希未曾感受到視線。

剛才悠哉沉浸在舊日感傷，某方面來說是因為完全沒有來自敵方的壓力。

現在這一點反而令她發毛。綁架正派的（這部分不得而知）未成年人卻沒派任何人把風，就有希的常識來說是不可能的。認定有她察覺不到存在的高手埋伏在前方，還比較能讓她接受。

（……怎麼辦？）

踏入工廠建築物內部的有希產生迷惘。

就這麼往裡面走？

還是在這裡回頭？

她的第六感沒發出「別前進！」的警告。

這一點額外激發內心的不安。逐漸無法相信自己的直覺。

（——不，要前進。）

但是有希選擇往前走。無法相信自己的感覺是危險的徵兆。不信任自己會產生迷惘，迷惘會喚來大意。

目前心懷的恐懼，只是毫無根據的臆測。

臆測和直覺相比，大致是直覺比較正確。攸關生死的場合更是如此。

要相信自己的感覺。她如此告誡自己。

當然沒有因為任憑直覺而疏於確認。

以眼睛、耳朵、鼻子、皮膚，尋找敵人與陷阱的所在處。

確認沒有敵人。

有希終於到達工廠最深處了。

（怎麼回事……？）

疑惑包覆她的心。

有希面前是後門。工廠用地內的建築物只有一棟平房。包括地下室與祕密房間的有無，她已經找遍所有房間。

結果沒遭遇任何人。

這間工廠空無一人。

「莫名其妙……」

她忍不住自言自語。

那個男國中生司波達也應該逃走了。有希如此確信。雖說當時沒拿武器，但他是輕鬆應付有希的實力派。趁機逃走這種程度的事，他做得到也沒什麼好奇怪的。反倒是他很乾脆地被帶走才讓有希感到意外。

不過綁架司波達也的那些人，究竟消失去哪裡了？

「Croco。」

『Nut……！妳沒事嗎？太好了。』

「嗯。不提這個，有沒有車子離開工廠？」

『不，妳入侵之後，完全沒有東西出入。』

「這樣啊。」

有希只講這句話，就切斷和搭檔的通話。

她是隻身入侵。也可能在某處和裡面的綁架犯錯過，他們現正躲在別的房間——

（不，應該不可能。）

有希是一個人，對方至少兩人。這間工廠除了綁架的實行犯，很可能還有他們的同伴在等。

對方沒必要躲避有希。若能逃過她的視線，從背後偷襲才是自然的演變。

（司波達也反過來收拾了所有人？）

以可能性來說，有可能。依照先前交手的感覺，他暗藏此等實力也不讓人覺得奇怪。

「不……果然怪怪的。」

有希自言自語否定自己的想法。
假設那個國中生收拾了所有綁架犯。
若是如此，這間工廠就沒有該有的東西。
沒有那群綁架歹徒的屍體。
如果只有司波達也一人，在有希調查工廠內部的時候，他或許能以翻牆等方式逃走。
不過，至少不可能抱著兩人份的屍體消失無蹤。
就算這麼說，卻也沒時間處理屍體。這間工廠確實存放能將人體溶解到不留痕跡的藥品，也有設備能轉為處理屍體之用。不過溶解人體需要相當的時間。
有希在殺手研修期間，參觀過組織的屍體處理設施。
雖然看得不是很舒服，但她從這段經驗就知道。
這間工廠的設備，不可能在這麼短的時間消除屍體。
背脊突然竄過寒意，有希不禁發抖。

◇◇◇

有希沒回自己住處，順路去了鱷塚的公寓。這是她自己的要求。

不同於租公司住宅的有希，鱷塚有自己的家。公司准許他經營副業。除了擔任有希的搭檔，他也有情報販子的收入，這間公寓就是以這筆收入買下的。

坦白說，住宅評等不高。獨居又沒有成家預定的鱷塚，不要求自己的房間多寬敞或是交通多方便。他購屋的預算很省，相對在裝潢投入不少錢。

鱷塚家是頗具規模的情報機器之城。這個世紀的十幾歲青少年或許會稱為「御宅族之城」，不過裡面沒放虛構角色的肖像畫或模型。

「你房間還是一樣亂糟糟的。」

有希剛被帶進屋就說出毫不客氣的感想。

「沒禮貌。我自認整理得比妳房間乾淨喔。」

「我的房間更清爽。何況你沒看過我房間吧？」

「不用看也想像得到喔。妳房間只是東西少吧？應該很少整理吧？我每天都親自打掃。」

「只是因為空間放不下家庭自動化系統吧？」

有希笑著酸他幾句，並且坐在床邊。

這個動作沒有客氣或躊躇。因為房內只有一張椅子，而且鱷塚已經坐在椅子上了。

「所以，發生了什麼事？」

鱷塚劈頭問。

半開玩笑的氣氛被這句話一掃而空。

「工廠已經人去樓空。別說屍體，連血跡都沒留。」

有希以凝重……應該說陰鬱的表情回答。

她從後門走出去一次，然後再度回到工廠，重新調查是否有爭鬥痕跡。最後得到毫無痕跡的事實。

「不過從發訊器的訊號來看，直到工廠都沒停下來啊？」

「沒有中途下車的形跡嗎？這麼一來……」

「Nut？妳心裡有什麼底嗎？」

有希躊躇片刻。

「……那傢伙果然是魔法師吧？」

「妳說的『那傢伙』，是叫做司波達也的少年？」

鱷塚基於確認的意義反問，有希回應「嗯」點點頭。

「包含這個可能性，我正在繼續調查。」

「這樣啊。」

「不過，Nut……」

「怎麼了？」

這次是鱷塚支支吾吾。

「怎麼了？說啊？」

「……就算是使用魔法，要將屍體徹底消除到毫無痕跡也絕對不簡單。做得到這種事的，在魔法師之中也只有特別高階的少數人。」

「是嗎？」

沒有詳細接觸過魔法的人常有這個誤解，魔法師的能力有其極限。某些事情要魔法師個人的水準夠高才做得到，魔法本身也有極限。

「如果司波達也是魔法師，而且用魔法消除那些人……那麼司波達也或許是我們應付不來的對手。」

「……就算這樣，也不能說我做不到吧？」

有希這麼回應，並不是因為不相信鱷塚這番話。

有希自己已經隱約開始感覺到，司波達也或許不是自己應付得來的對手。

鱷塚的推測給了她一個可用的藉口。既然知道對方是高階魔法師，一般人應付不來，就可以正當否認自己膽怯畏縮。

有希那麼說，是為了將自己的立場說給自己聽。

「連『炸彈魔』與『開膛手』都受命出馬收拾那傢伙。要是在這裡退出，我在殺手這行就幹不下去了。」

司波達也的暗殺，已經超越「除掉目擊者」的階段。

那名少年成為整個組織的目標，除掉那名少年已成為有希實力是否適任組織暗殺者的測驗，不對，是「考驗」。

「只能殺了。」

如此低語的有希表情緊繃，雙眼發直。

◇◇◇

「接受九重八雲庇護的少年嗎……」

殺人結社——亞貿社的社長室裡，身穿短褂加褲裙的老翁輕聲說。意外地小而美的社長室，現在沒有他以外的人影。

這名老翁名為兩角來馬。是亞貿社的社長，也就是殺手們的總管。

「可惡的忍術使。到哪裡都要愚弄我們。」

亞貿社不是一看到幹練殺手就吸收的組織。結社所屬的暗殺者都是兩角找來的。

他們的共通點在於是忍者卻不是忍術使。

兩角設立的亞貿社是接案殺人的公司，同時有著「收容無法成為魔法師的忍者」的另一面。

忍者並非都找不到工作。從童年開始進行的身體能力提升計畫，在現今的時代也十分通用。有人加入國防軍或成為警官，也有人擔任國家或是私人企業的諜報員發揮專長。

只是忍者的訓練從現代價值觀來看並不人道。為了獲得充分的成果，非得從懂事前就開始訓練。對照現代的社會正義無疑是虐待兒童。

如果這是主流運動的早期英才教育，就不會被稱為人權侵害。即使在「當事人沒具備充分的判斷能力」與「身體可能產生後遺症」等部分沒太大的差異。

這「些許的差異」就是問題所在……這種論點的對錯就先放在一旁吧。

培育忍者伴隨龐大的風險，會使用非法藥物。因此要是高調公布「僱用了忍者」，會因為「違反社會正義」這個理由遭到社會抨擊。連帶使得公所或私人企業聘用忍者時都得暗中進行。

因為不對外招募，所以只有擁有特殊人脈的人會錄取。原本在忍者的業界，正常都是基於私人關係決定任職處。但由於沒有和其他流派交流，一旦斷絕「關係」就很難找到新的雇主。這就是現狀。

幸好現在景氣還算好。即使不是忍者相關也找得到工作。不過許多忍者放不下對於己身技術的執著，墮落從事非法工作。不，說到非法，企業的產業間諜也大多具備這一面，不過無業忍者會進行闖空門或迷昏劫財這種低等犯罪。

從這一點來說，古式魔法師「忍術使」不愁沒工作。現在社會認同魔法是一種罕見——寶貴的技術。固然有人厭惡魔法師，但是世間對於魔法的需求總是大於供給。和其他領域的高階人材不同，要延攬外國人運用也是難事。因為各國幾乎在實質上禁止魔法師外流。

「忍術使」能做的事確實多於「無法使用忍術這種魔法的忍者」。在忍者的世界，忍術使的地位也從以前就高於非忍術使的忍者。

不過即使有階級關係依然同為忍者。忍術使從以前就不多。必須由無法使用魔法的忍者成為左右手效力，「忍者」的工作才能成立。但如今「忍術使」身為魔法師受到歡迎，「普通忍者」好一點可以做檯面下的工作，運氣不好就淪落為盜匪。

兩角來馬也是「非魔法師的忍者」之一。雖然無法使用整理為忍術系統的魔法，卻是身體先天擁有異能的忍者。他的異能是千里眼。不是從遠方或隔著牆壁閱讀文書的能力。他的千里眼是在想知道什麼事情時，隱約看得見線索位於何處。

他以這個能力擔任政治家的私人秘書暗中活躍。以異能找出死對頭政治家瀆職的證據，有時候以忍者的技術親自搶來證物，有時候將情報洩漏給警方與媒體，藉以晉升為雇主的親信。

以雇主退出政壇為機會，成立了承包政治殺人委託的亞貿社。然後以千里眼找到技能得不到相應工作而愁悶度日的忍者，或是運氣不好跌落社會底層的忍者，僱用他們為社員。這麼做的背後確實是對於只因為無法使用魔法而不得志的同伴境遇感到憤怒。

兩角不恨忍術使。至少他自認如此。也沒忘記亞貿社是犯罪組織的事實。

即使如此，還是勝過淪為盜匪的淒慘際遇。就算同樣是必須活在暗處的罪犯，成為扛起權力一角的政治暗殺者肯定比較充實。

得知有政治暗殺需求的兩角，想要藉由滿足這個需求，更深入權力的黑暗面生根。這是設立亞貿社的第一目的，不過「讓無法使用魔法的忍者獲得人生的充實感」這個目的也存在無誤。

被忍術使割捨的忍者能夠活躍的場所。這是亞貿社身為忍者結社的一面。

大名鼎鼎的忍術使妨礙亞貿社的工作。

客觀來看沒什麼背叛可言。不過這份「正確的認知」也不可能消除內心的煩躁。

「你庇護的少年，由我的部下親手打倒給你看。」

這麼一來肯定能一吐怨氣。如此心想的兩角決定不只是有希、「Bobby」與「Jack」，還要動員所有閒置的部下暗殺司波達也。

◇◇◇

昨晚移動到東京的文彌，早早在星期一清晨開始行動。

迅速準備好裝備，為了趕上達也上學時間，命令黑羽家的部下立刻出車。

「少主，請等一下。」

然而，不知何時已經穿好黑衣的部下要文彌稍等。

「您還沒做好準備。」

「你在說什麼……？」

文彌反駁到一半，重新檢視自己的裝備。雖說是部下，但他的經驗比較豐富。文彌換個想法認為或許是自己疏忽了某些細節。

「……完全沒問題啊？」

不過，至少以自己檢查的範圍來看，沒有忘記什麼東西。

「不，您忘了穿女裝。」

「女……！不……不需要扮裝吧！」

部下毫不客氣說出這句話，文彌臉紅怒吼回應。

不過說來可惜，他還沒有讓部下畏縮的派頭。

「防止少主洩漏身分的措施必須萬無一失，這是老大的指示。」

「唔……」

這次文彌無法回應「沒必要」。擊退對達也出手的暗殺者。基於這份工作的性質，某種程度存在著長相被看見的風險，一定要進行對策，文彌也能理解這一點。

文彌是本性正經的少年。對他提出合理的必要性就無法拒絕。比起自己的好惡，他會以職責為優先。

「……這次只是要擊退襲擊者。基本上會一直在車上伺機而動，所以隱藏長相就夠吧？」

即使如此，文彌還是抱著一絲希望提出替代方案。

「必須謹慎再謹慎。」

部下的回答是無情的。

塗睫毛膏，抹腮紅，塗口紅。前置作業與細部步驟當然沒偷工減料。指甲貼上貼片，再戴上鮑伯頭假髮就完成了。

「少主，您進步了。」

聽到黑衣人的稱讚，文彌變得難為情。總覺得好悲哀，為什麼國二男生非得在化妝技術這部分獲得別人拍胸脯保證？

「……別叫我『少主』。」

「啊，差點忘了，恕屬下失禮。那麼『大小姐』，我們走吧。」

文彌揚起裙襬，默默走向玄關。他拚命克制想要亂發脾氣怒罵的衝動。

文彌剛才說「會一直在車上」，但是實際上並非窩在後座不動。必須定期伸展手腳，否則在必要的時候動不了。此外如果只有一輛車會立刻引人起疑。

文彌指揮的黑羽家，採取五輛車輪班監視達也周圍的體制。當然不是文彌的點子，是他貼身輔佐的計畫。

「……但以達也哥哥的本事，應該會察覺我們監視吧。」

文彌自言自語般輕聲說。聲音有點低又有點硬，但是聽起來只像是女性的聲音。對他來說應該是不得已，但這不是少年變聲後的聲音。

現在時間是下午一點多。文彌正在達也所就讀國中附近的咖啡廳喝飲料潤喉。

戴著帽子放下面紗只露出嘴角，以吸管飲用冰茶的文彌，看起來像是女大學生或是不必工作的千金小姐（別名家事助手）。而且是相當標緻的美女。能看穿他性別的慧眼，在這個大都會裡肯定也沒幾個人擁有。

獨自使用兩人桌的文彌正對面，坐了一名像是大學生的青年。襯衫解開兩個鈕扣，營造身上黑色外套的隨性感，是個給人輕佻感覺的男性。

「沒有異狀。對方大概也不會進到學校出手吧。」

他將手上的咖啡紙杯放在桌上，隨即將臉湊向文彌輕聲告知。從這段話就知道，青年是派給文彌的黑羽家特務。

他叫做黑川白羽。是個讓人很想說「到底是黑是白給我講清楚」的姓名。他受命輔助第一次單獨出任務的文彌，在黑羽家旗下魔法師之中因為「年輕而且實力好」的條件獲選。

「這樣啊。辛苦了。」

黑川移開臉之後，文彌以一本正經的語氣回應。在旁人眼中是萬人迷女性打發搭訕男性的構圖。演技可說是登堂入室。

「要派人進國中，從人材方面來看也很困難吧。」

這時代即使女生沒使用女性口吻也沒人覺得奇怪，不過粗魯的用語還是很可能讓人覺得不對勁。文彌說話比較客氣，是不想使用女性口吻的妥協產物。

「哎，畢竟我也不認為那間『公司』有這種童星可用。」

黑川以心直口快的語氣附和。他的語氣也和外表相符。

「如果要在學校動手，就會用『煙火』吧。」

文彌隔著面紗朝黑川投以犀利視線。

黑川說的「煙火」是不怕被人偷聽的暗語，真正的意思是「炸彈」。

「你認為有可能嗎？」

「我認為有可能喔。對方應該也已經知道那個人不是普通角色了。」

在四葉家，只有沒看過達也戰鬥模樣的人瞧不起他。黑羽家的特務們，即使頂頭上司貢討厭達也，依然有許多人給達也很高的評價。

黑川這次是第一次獲選輔佐文彌，但因為在黑羽家魔法師之中屬於年輕族群，所以從以前就有許多機會和文彌共同行動，因而數度目睹達也的實力。其實關於這次的任務，黑川的真心話也是「那個人需要護衛嗎？」這樣。

黑川再度將臉湊向文彌。這次是屁股離開椅子，擺出講悄悄話的姿勢。

「如果是『普通』的魔法師，身體和一般人相同。愈是熟悉魔法，或許愈會認為趁對方大意的時候用炸彈炸飛，就能無視於對方的魔法造詣成功殺掉吧？」

「你的意思是說，即使不是『忍術使』，只要是忍者都有魔法相關的知識？」

文彌維持黑川將臉湊過來的狀態，同樣輕聲細語反問。

「嗯，我是這麼想的。」

黑川回復為原本的坐姿點頭。

「……差不多該走了吧。」

其他顧客一邊竊竊私語一邊偷看文彌他們。察覺視線的文彌板著臉起身。

# 〔6〕

「Nut。真的要在這裡下手？這裡是九重八雲的地盤耶？」

廂型車停好之後，鱷塚在駕駛座詢問有希。他臉上浮現擔心的表情。

「這也沒辦法吧？以我手上的牌，很難入侵學校殺掉他。只有在通學路上能確實狙殺。」

「可是還有路人啊？」

西方天空一片火紅，但戶外還是亮的。若要配合沒參加社團活動的目標對象返家時間，就得在日落前出手。

「Croco，你知道吧？」

有希打開副駕駛座車門。

「我沒什麼時間了。」

◇ ◇ ◇

文彌出動的第一天，風平浪靜迎來達也的放學時間。

「結果沒在校內襲擊嗎……」

文彌以戴在單耳的通訊機聽完部下的報告，以自言自語般的語氣這麼說。大概是在車上放鬆心情，講話完全回復為平常的語氣。

「是今天暫且沒有。」

坐在駕駛座的黑川，語帶保留回應副駕駛座的文彌。

「你真的認為會有？」

文彌這個問題，是在討論兩人剛才提到的炸彈是否有可能使用。

「我認為有可能。不過無論如何都是明天之後的事。」

文彌板起臉思考。老實說出來的話肯定會惹他生氣吧，但這張思索的臉蛋像是青少女裝成熟拚命思考哲學、政治或文學之類的問題，是令人會心一笑的可愛表情。

「……幫我想想怎麼潛入達也哥哥的學校。」

「收到。今天接下來要怎麼做？」

「先到達也哥哥下車的車站。」

「自動車要比個人電車先到嗎?這要求挺困難的。」

黑川口頭上顯露難色,文彌卻一臉佯裝不知般看向窗外。

黑川微微聳肩,從儀表板取出控制台,在導航系統輸入搜尋條件。

到最後,達也和妹妹深雪一起在個人電車的車站下車,和文彌坐的車抵達車站大樓停車場,幾乎是同時發生的事。

對此文彌沒有責備黑川。他應該也知道這是強人所難吧。而且這座車站已經預派部下就位,所以文彌即使來得晚也沒有實質的不便之處。

文彌不是跟蹤達也,而是前往車站大樓的樓頂。原本是外人禁止進入的區域,不過這種程度的非法入侵對於黑羽家的人來說算不了什麼。

話是這麼說,卻也不是完全不必費力。他們花工夫來到樓頂的原因,在於這裡是這附近最高的場所。

即使如此,也不是為了監視返家的達也。說起來文彌並不打算監視返家的達也,這個工作交給部下。文彌自己只知道達也家在地圖上的位置。要是真的看見,肯定會想上門打擾。他有這份自覺所以不接近。

文彌不想勞煩達也。要是他直接目視，達也會在這一瞬間察覺文彌前來，這麼一來就會連帶得知文彌的任務，試著親自解決暗殺結社吧。

達也早就知道殺手纏上他。他只是扔著不管。礙事的話隨時都能消除——如字面所示的「消除」。達也擁有這種能力。

達也正在參與新蘇聯特務人員的掃蕩作戰。聽說昨天也毀掉一個特務據點。達也沒有主動殲滅狙殺他的暗殺者組織，主要原因肯定是在忙別的工作。

文彌來到東京是為了分擔達也的辛勞。但如果他過於顯眼害得達也穿插多餘的工作就是本末倒置。文彌壓抑想見達也的心情也是這個原因。

那麼文彌他們為什麼要找「最高的場所」？是為了在發現可疑人物的時候前去擊退。有一種叫做「疑似瞬間移動」的魔法。是進入空氣的繭，中和慣性在空中製作真空通道，然後在通道高速飛行的魔法。雖然無法穿透固體，但真空通道可以彎折無數次，所以能夠毫無問題迴避障礙物。慣性預先中和，所以急遽轉向也不會多耗時間。移動速度由術士的熟練度而定，不過有案例的最高速達到音速的三到四倍。

文彌的姊姊亞夜子擅長這個魔法。和亞夜子搭檔出任務的時候是由她使用疑似瞬間移動，但文彌也不是無法使用。從一般魔法師的水準來看算是相當拿手。

文彌打算在發現暗殺者的時候，使用這種疑似瞬間移動飛過去。真空通道彎曲的次數愈少，對於使用疑似瞬間移動術式的魔法師造成的負擔就愈小。移動路線是直線的話，相對就可以將更多能力分配在提升速度或是抑制魔法對於周圍的影響。

如果起點比終點高，只要直線移動到目的地正上方，再往正下方降落就好。換句話說，從最高的場所飛行就不必多花力量。

剩下的問題是要引出殺手，但這是黑川的工作。

陰流的開山祖師愛洲移香齋，據說會將出劍之前的殺氣動向映入內心，藉以預測敵人劍招。比起打倒敵人更重視逃離敵人的忍者，將專精「預見殺氣」的技術傳承至今。這項技術依照忍者流派取了不同的名稱，黑羽家繼承的忍術流派，參考太公望揭發妲己真面目的照魔鏡命名為「照陰鏡」。

黑川是這項技術的專家。「預見殺氣」的技術在黑羽家數一數二。

若以對付用槍的敵人為前提，光是預見面前敵人的殺氣還不夠。必須能預見數百公尺到一兩公里遠的狙擊手殺氣，否則會成為狙擊的獵物。

黑川不只是能以公里為單位感知遠方殺氣，不是針對他自己的殺氣也捕捉得到，還可以只篩選出真正的殺氣。除非是能放空內心殺人的高手，否則無法逃離他的心眼。

黑川劃著九字密印整理意識，凝神注視映在內心的殺氣。

◇ ◇ ◇

黑羽文彌入侵車站大樓樓頂之前，有希已經在俯視同一棟大樓驗票閘口的咖啡廳盯哨。

『有了，看來是走路回家。』

在窗邊監視驗票閘口的鱷塚，不出聲通知坐在另一張餐桌旁的有希。

使用讀唇術解讀訊息的有希微微點頭。

從車站徒步走到司波達也的住處要二十多分鐘。這段距離搭通勤車或是騎腳踏車都不奇怪，但他們看來是步行回家。不知道是習以為常還是今天偶然為之，還掌握不到對方的行動模式。總之對於有希來說，他們徒步比較有利。

有希將吃到一半的巧克力鬆餅塞進嘴裡，在桌邊結帳之後起身。

她轉頭看向鱷塚時，鱷塚只以嘴脣動作叮嚀「小心點」。

在帶著妹妹的目標對象後方，間隔約五十公尺的距離跟隨。今天有希不是穿國中水手制服，是隔兩個車站的公立普通高中制服。既然離這麼遠，對方肯定不會起疑。

有希只要完全發揮身體強化的異能，即使在這個距離也能兩秒接觸對方。實際下手的時候預定接近到二十公尺以內。目標對象走路速度不快，自然能拉近距離。
有希等待著四下無人的機會。
不過，她躊躇於襲擊的理由不只這個。
要是在這個狀況下手，不只是司波達也，連他的妹妹也必須殺掉。只因為身處於殺人現場，就要殺掉不是壞人的少女。有希對此感到躊躇。
不過真要這麼說的話，有希想殺的少年也只是目擊她的工作。有希的躊躇有所矛盾，但她沒察覺。
她猶豫的這段期間，司波達也回家的路已經消化了一半。剛好沒行人經過。有希排除躊躇，決心結束這份工作。
但她在起跑的前一刻停下腳步，躲進十字路口轉角。
不是決心動搖。
她感知到不屬於她的某種殺意膨脹。
剛開始，有希懷疑可能是昨天綁架司波達也的勢力再度出手。
但她立刻察覺自己對這股殺氣的性質有印象。
（——是Jack那傢伙嗎？）
和有希同屬亞貿社的殺手。社長提到投入暗殺目擊者任務的「幫手」之一。亞貿社所屬的殺手共三十六人，其中有希見過面的不到十人，但她知道所有人的識別代號與手法。

所有社員都知道Jack的工作表現。主要是以惡評的形式。

亞貿社打著「政治性的暗殺結社」的招牌，以「制裁無法以法律制裁的惡徒」為理念，但實際上只不過是有人不利於政治家時接案暗殺的殺手集團。這是所有社員的認知。

住在夢想世界的人即使能成為罪犯，也無法成為專業罪犯。相信「基於正義殺人」這種幻想的人，社長兩角來馬從一開始就不會僱用。公司內部甚至煞有其事悄悄討論，「制裁惡徒」這個理念或許只是用來釣出不適任者的誘餌。

不過「以惡徒為目標」不絕對是謊言。亞貿社受託處理的目標，是政治家或其秘書不惜冒風險也想殺的人，而且是否真的要接下委託，公司這邊也會好好挑選。例如即使有人委託殺害「準備揭弊的記者」也不會接受。

原因在於亞貿社的設立經緯。有希他們不知道，只有社長與幹部知道這件事，亞貿社的**第二目的**是「讓忍術使以外的忍者獲得容身之處」。

即使是犯罪，也能讓忍者發揮己身技術維生的境遇。即使無法使用古式魔法「忍術」，也能親口宣稱自己是忍者。兩角來馬成立暗殺結社亞貿社，是要將這種生活方式給予和他一樣的「無法使用忍術的忍者」。

所以如果兩角判斷該委託「不是忍者該做的工作」，無論條件多好也不會接。判斷基準不是正義或人道，是能否發揮忍者的技術。

看在不知道詳情的有希眼裡，就像是「不對無力的人下手」。和她抱持相同看法的亞貿社社員（不只是殺手，是包括後勤部門的社員）很多。

Jack是公司裡少數沒這種想法的殺手代表。

他做事很快，技術水準也高。高難度的工作都能早早完成，所以在期限不寬裕的案子受到重用。

只是Jack一旦出動，就會死比較多人。

並不是使用殃及許多人的炸彈或毒氣。基於這層意義，另一個幫手「Bobby」造成的損害規模比較大。Bobby擅長的殺害手段是炸死，基於這個性質可以說難免有人遭殃犧牲。

Jack使用的武器和有希一樣是刀子。這個殺害手段殃及無辜的可能性較低。

即使如此，依然會有許多目標以外的人死亡。

Jack回報工作完成的時候，總是說這是必要的犧牲。說他殺害的是護衛，是監視者，是目擊者。

但是如今公司裡沒人全盤相信他的說詞。

他說有目擊者或許不是謊言。

不過肯定是Jack故意讓他們看見的。為了製造殺人藉口。

有希也和其他社員一樣這麼想。

Jack無疑會將司波達也連同妹妹殺掉。關於這部分，即使由有希下手也是同樣的結果吧。但如果讓Jack下手肯定不會僅止於此。會增加其他目擊者，所有人都會死無全屍。

為了阻止這個結果，有希必須比Jack先解決目標對象。但是實際上她慢了一步。

有希倒抽一口氣，品嚐後悔的滋味。

不過，有希料想的光景沒來到現實世界。

從岔路衝出來要襲擊司波達也的Jack，無力倒在路面。

就像是雙腿突然萎縮的跌倒方式。

Jack一臉強忍哀號的表情抬起頭。

受到視線的引導，有希視線往上移。

Jack朝著有希藏身的這一側，仰望隔了一個區塊的圍牆。

牆上站著一名少女。

（是……女的吧？）

有希之所以瞬間猶豫，是因為這名「少女」以護目鏡遮住半張臉。護目鏡是隔著頭髮以帶子固定的單鏡片款式。鏡片好像是透明的，不過大概是因為光線的關係，所以看不見雙眼。

但是髮型是鮑伯頭，嘴唇塗口紅，身上穿的是及膝A字裙，裙子底下是滿滿荷葉邊的襯裙。雖說穿著厚褲襪沒露腿，高領毛衣的胸前也確實微微隆起。應該可以確定是女性，而且是和有希同年代的少女。

（——她是誰？到底是什麼時候？）

總之現在該思考的不是那名「少女」的性別，是她的真實身分。

護目鏡少女直到數秒前肯定不在那裡。有希正要襲擊目標的時間點，完全沒她的蹤影。

那麼，Jack為什麼仰望少女？

少女對Jack做了什麼？

不知道的事情太多，有希動不了。

◇　◇　◇

黑川捕捉到「Jack」殺氣的時間，比有希早一點點。

「闇大人，在那裡。」

黑川以識別代號對文彌說。「闇(Yami)」是文彌喬裝時的名字，將「文彌(Fumiya)」後面兩字倒過來組成。

文彌與黑川戴著同款護目鏡。這是HMD型的情報終端裝置，黑川看過去的時候，文彌也看見同樣的方向。

「我出發了！」

文彌關閉護目鏡的視線引導功能，同時不等黑川回應就發動疑似瞬間移動的魔法。

出現在距離路面約十公尺上空的文彌，沒被瞬間切換的視野擾亂，以浮遊魔法減速降落。

殺氣來源有兩個。

文彌的注意力朝向已經行動的那一方。

他的雙手隔著毛衣，套著偽裝成手環的CAD。

右手的CAD是常見為手鐲設計的泛用型。

左手是鮮少採用這種形狀的特化型。

文彌操作左手的CAD，發動他固有的魔法。

精神干涉系魔法「直結痛楚」。直接對精神施加痛楚的魔法。不是從身體發送訊號讓精神認知為「痛楚」，是精神受到的痛楚翻譯為身體知覺，損害身體機能。

文彌設定為目標的男性，識別代號「Jack」的殺手腿部一陣劇痛。

骨頭粉碎的幻痛，使得Jack失去站立的力氣。

文彌降落在圍牆上和Jack倒在路面，是同一時間的事。
文彌以餘光觀察另一個殺手的動向。
他暗忖「果然沒錯」。正如他的猜測，另一個殺手是前天晚上在餐廳停車場意圖襲擊達也的少女。
大概是對於文彌的登場感到困惑，少女暗殺者有希愣在原地。
他將視線移回正前方。
殺手Jack以雙手撐起身體。挨了直覺痛楚的腿部疼痛肯定完全沒緩和，但他咬牙以不痛的那條腿站起來。
看到這副模樣，文彌率直佩服。即使是黑羽家特務也鮮少有人挨了文彌的直覺痛楚還站得起來。這股精神力是一等一。
雖然不是對這份堅強表達敬意，但文彌跳下圍牆。姑且單手按住裙子前方，但就算沒這麼做也肯定不會因為風壓往上翻。這部分確實做好防範措施。
要是在圍牆上使用追擊魔法，Jack應該束手無策吧。文彌沒這麼做是為了隱藏底牌。文彌不打算在這裡殺掉Jack或有希，既然要放他們活著回去，給他們的情報愈少愈好。
Jack射出不知何時取出的匕首。文彌移動上半身躲開，從腰包取出像是手掌大手槍的物體。

這是偽裝成袖珍手槍的武裝演算裝置（和武器合為一體的ＣＡＤ）。裝填的不是子彈，是長五公分出頭（兩寸）的粗針。沒有內藏火藥或壓縮氣體。

文彌以上半身往左傾的姿勢，右手握著袖珍手槍造型的武裝演算裝置瞄準Jack。小指與無名指穩住握柄，中指掛在扳機，食指伸直貼在槍身側面，以拇指稍微拉起擊錘。

其實這個擊錘設計為ＣＡＤ的開關。簡短的啟動式瞬間輸出，吸入文彌握著武裝演算裝置的右手。

Jack擺出第二次發射的姿勢。

文彌扣下武裝演算裝置的扳機。

這個扳機是幌子，唯一的功能是讓偽裝成擊錘的開關回到原位，但文彌將此用為己身發動魔法的暗號。

移動系魔法發動。

槍口射出次音速的針。

這根針不是以高壓氣體或電磁力射出，是以魔法設定移動路線。

針無視於空氣阻力或衣服硬度，一半以上插入Jack右肩。

留在外面沒插入的針頭發出爆炸聲迸發火花。

不是針上的靜電所造成。到這裡都是文彌依照武裝演算裝置組成的啟動式建構出來的魔法。

插入體內的針直接注入電流，Jack右手臂到右肩完全麻痺。不只是無法自由操控，劇痛也壓迫Jack的意識。

即使如此，和直覺痛楚造成的疼痛相比還算輕，卻是誤解也在所難免的劇痛。

文彌將針射入Jack雙腳。

Jack再度摔倒，這次真的站不起來了。

◇ ◇ ◇

看見Jack昏厥，有希的定身咒解除了。

首先浮上腦海的想法是「非逃不可」。

Jack在組織裡也是高階殺手，是老練的忍者。缺點在於專精近距離戰鬥，但是他即使沒有異能，戰鬥力依然和同為近距離特化型的有希平分秋色。

雖說遭到暗算，不過這樣的Jack居然那麼輕易被打倒。有希不敢相信自己的眼睛。

然而，這是事實。有希一邊認為難以置信，一邊對自己這麼說。

對方看似十幾歲的少女，有希對此沒有特別驚訝。她自己就是如此。可不能動不動就受到打擊。

不提這個，重點是要如何逃離現場。

有希大腦全力運作，立刻得出結論。

——光是現在這樣的話，逃不掉。

那個「女的」二話不說就攻擊Jack。

自己也會在背對她的下一瞬間被攻擊吧。

並不是百分百肯定如此，但有希不想賭上連自己都不相信的些許可能性。

有希將注意力朝向自己內側。

沉在心象世界水底的門，她用盡力氣拉開。

心窩產生熱度，經由心臟輸送到全身。

自己的異能遍及指尖與趾尖。

力量滿盈。

己身產生變化。

從人類化為披著人皮的怪物。

有希蹬地向前。

在變得明晰，變得緩慢的視野中，她高速奔馳。

有希衝向她還不知道名字，有著少女外型的敵人——文彌。
「少女」在護目鏡底下睜大雙眼。有希覺得自己看見這幅光景。
——藏在護目鏡底下的「少女」臉蛋比她可愛。
內心一陣不悅。有希沒將這股怒火當成不講理亂發脾氣而克制，而是轉化為能量繼續加速。
「少女」以槍口瞄準有希。
「少女」還沒扣下扳機，有希就往側邊跳。
踩在牆壁，跑兩步之後再度跳躍。
錯身繞到「少女」背後的軌道。
有希不是跳踢，而是朝「少女」的頸部揮刀。
「少女」往前撲。
在路面往前翻。裙底被襯裙的荷葉邊擋住看不見。
「少女」一邊前翻一邊俐落扭身，單腳跪地朝有希擺出架式。
「少女」右手握著像是袖珍手槍的物體。有希認為那是「短針槍」。
有希躲開如同針孔（雖然和正確的意思不同，但這真的是「針孔」）的小小槍口。
現在的有希光是單腳一蹬就能跳三公尺遠。

「少女」的槍口跟不上她的動作。

有希像是模仿「少女」的動作在地面翻滾。

但是接下來不一樣。

有希在翻滾結束的同時往上彈。

以頭下腳上的姿勢踩在路燈上，朝基部猛蹬之後襲擊「少女」。

在空中前翻。身體上下對調。

單腳踩地，另一隻腳就這麼伸長往下揮。

「少女」向後仰躲開有希的腳踝。

（得手了！）

這一踢是假動作。有希順著腿往下揮的力道，反握的刀子朝「少女」胸口揮下。

（什麼？）

但是刀尖沒命中「少女」。有希握刀的手腕被短靴的鞋底擋住。

「少女」抬腿擋住有希的手臂。「少女」的體術也不簡單。

「少女」的身體背對路面落下。

（成功了！）

有希逮到決定性的機會。再怎麼高明卸下重摔的力道，在背部貼著路面的狀態，都無法

立刻轉為攻擊或閃躲。

抓準這個好機會，

有希

全力往上跳。

有希選擇的行動不是攻擊，是逃走。她沒有襲擊「少女」，而是跳過背後的圍牆，從「少女」的槍口隱藏身影，然後就這麼跳過另一側的圍牆，一溜煙跑離現場。

◇　◇　◇

有希的逃走出乎文彌的意料。

他迅速起身，瞪向有希消失的圍牆。

但他沒碰ＣＡＤ的操作鍵。

他的魔法無法瞄準追丟的對手。他還沒學會這項技術。

在剛才的攻防中，他也不是為了隱藏底牌而沒使用魔法。是無法完全捕捉到有希眼花撩亂四處亂竄的動作。

文彌斷斷續續追丟有希，魔法程序每次都因而中斷。使用啟動式的現代魔法，必須將發動座標當成變數輸入魔法演算領域。然而雖說是「變數」，卻不是使用數值的形式。「變數」是一種想像，而且不是模糊的想像，必須是在自己意識之中和其他事物區分出來的固有影像。

不，「影像」這種說法也是會造成誤解的不完整形容方式吧。變數是意識內部與外部一對一配對的一份情報。可以換個方式形容為象徵特定存在或事象的情報。

總之，變數必須是能夠指定魔法干涉對象的情報。文彌還無法指定「不知道位於（存在於）何處的目標」。

即使是沒有實體的東西，即使在完全的黑暗中，只要知道「位於（存在於）該處」，他就能將其設定為魔法對象。但是在無法確定「位於（存在於）該處」的瞬間，魔法的建構程序就會中止，非得從頭來過。

這是文彌現階段所面臨技術上的課題。例如他的父親貢一旦瞄準敵人，即使後來肉眼捕捉不到，也不會影響魔法發動。

例如達也，到頭來根本不會在「情報層面」追丟敵人。

文彌應該是小看了有希。文彌沒對付過身手像她這麼敏捷的人。

以魔法可以動得更快。不過那麼不規則又古怪的移動不能只靠魔法力，還需要機靈與天分。

和有希的戰鬥，暴露出文彌的經驗不足。

（總之今天算是成功擊退……就當作是這麼一回事吧。）

確認四下無人之後，文彌發動疑似瞬間移動。

他離開之後，只剩下昏迷的殺手Jack倒在路面。

◇　◇　◇

有希將身體強化解放到極限，跑了一公里以上的距離。

不是直線，是一邊避人眼目一邊跑。

有希確定距離夠遠之後才終於停下腳步，叫鱷塚來接她。

「Nut，狀況如何……不，有受傷嗎？」

看到鑽進副駕駛座的有希臉色鐵青，鱷塚將問題換成關心她的內容。

「……沒受傷。」

有希打電話到鱷塚抵達，經過了五分鐘以上。即使剛才全力奔跑，一般來說呼吸在這時候已經回復平穩。

有希呼吸不穩是因為還在緊張。她和以護目鏡蒙面的「少女」——文彌的對決，就是如此耗損神經。

文彌覺得被有希玩弄在股掌之間。但是以有希的角度，她真心覺得自己好不容易才逃走。

「……Croco。」

「什麼事？」

雖然是主動搭話，但有希猶豫是否要說下去。

「……幫我準備小型手槍。袖珍式的……最好是戴林格。」

有希自覺不喜歡用槍。但是那名「少女」不是能講這種天真話的對手。

「——知道了。」

鱷塚敏銳感覺到有希散發萬不得已的氣息，沒有問她改變宗旨的理由。

「雙管式的比較好吧？」

鱷塚問完，有希不經思索就點頭。

「扳機硬一點沒關係。會在貼身距離使用，所以威力夠用就好。」

「相對的，聲音別太明顯是吧？」

「嗯，拜託了。」

有希放鬆力氣靠在頭枕。

只以刀子對付擁有那把神祕「短針槍」的「少女」，怎麼想都吃不消。

只要想對司波達也不利，那個「少女」就會來妨礙。有希毫無根據如此確信。

# 【7】

殺人結社「亞貿社」。無處宣洩的煩躁感折磨著社長兩角來馬。

不久前，實戰部門的社員——也就是跟隨他的殺手之一，犯下任務現場被目擊的疏失。

這件事本身不是很稀奇。當然，原則上要在沒人發現的狀況下完成工作。但即使做好萬全準備慎重行動，也無法消除偶發狀況介入的餘地。封鎖獵殺現場再動手或許能防止目擊者的產生，可惜兩角的公司沒能力進行這種大規模管制。

偶然被外人看見的可能性總是維持在某個程度。所以重點是後續的因應。

具體來說是將目擊者滅口。

最好是在目擊的當場解決。做不到也得盡快殺掉，而且這次真的不能被任何人看見。

然而犯下這個疏失的社員榛有希，事隔五天依然讓目擊者活著。現在差不多是警方接觸活證人也不奇怪的時候了。

榛有希身為殺手的本事絕對不差。雖然年輕，但是只論戰鬥能力在亞貿社也是頂尖等級。

兩角認為對於暗殺者來說，潛入能力與逃走能力比直接的戰鬥力重要。有希這方面的技術也有相當高的水準。

總歸來說，榛有希是公司無法輕易割捨的社員。

在有希想解決目擊者卻束手無策時派人協助，也是基於這個判斷。

此外，也考慮到要解決的對象是忍術使九重八雲的相關人物，換句話說不是普通人。

然而他挑選助陣的暗殺者，在今天遭到反擊。

對於兩角來說，這是出乎意料的失算。

而且將識別代號「Jack」逼到無法戰鬥的不是目標對象的男國中生，是來路不明的少女。

這名「少女」沒殺Jack。這代表著雖說是暗算，但對方擁有不殺就剝奪戰鬥力的能力。

「少女」不只是擊退Jack，也擊退有希。

這名「少女」也是九重八雲的相關人物嗎？

不過據報「少女」使用發射細針的槍。

九重八雲討厭槍。這件事很有名。

還是說，「討厭槍所以不使用」這個傳聞本身是九重八雲的手法？

或者說，「少女」的武器像是槍卻不是槍？

昏迷的Jack，公司在路人發現之前回收了。從他右肩與雙腳所取出五．〇八公分的針單純是鐵。沒有內藏電源或回路的普通鐵針。沒有無線電擊槍的功能。

不過針插入的周圍組織，看得見推測是電擊造成的灼傷。

其實原本和輸入電流的電線連結嗎？還是以無線送電進行電擊的新技術？

抑或是——魔法造成的？

Jack與有希都說那名「少女」是突然出現的。

和「少女」交戰的有希說，和她戰鬥的時候，「少女」好像沒使用疑似魔法的招式。

說不定是只擁有電擊操控異能的忍者？

不知道的事太多了。

唯一確定的就是今天也沒解決目擊者。

兩角沒有喝酒的習慣。但他今晚特別想喝酒。

◇ ◇ ◇

出乎意料的幫手闖入，暗殺司波達也再度失敗的隔天。

有希又穿上國中制服。

目標對象和其妹妹所就讀私立國中的水手制服。

只是和先前不同的地方，在於她比司波達也早到校。

「早安。」

親切打招呼，穿過校門。無線進行的ＩＤ檢查也萬無一失。這個ＩＤ原本的主人今天預定缺席。只要攜帶ＩＤ卡就不會核對長相。而且除非發生特殊事件，否則校內不會檢視防盜監視器或是追蹤ＩＤ卡，這部分已經調查確定。

（真是感謝這個保護隱私的制度。）

有希在心中竊笑，前往保健室。校醫今天「會」遲到。她「借用」ＩＤ卡的學生也「預定」缺席。只要在床上裝睡應該就沒人發現。

到了上課時間，校舍裡除了教室等同於沒人，要接近目標對象也很容易。這次一定能在有人妨礙之前解決吧——不，非解決不可。

為此，現在只能等。

有希立刻決定將被子蓋到幾乎遮住臉裝睡。

◇　◇　◇

文彌在空中俯視達也就讀的國中。恰巧有宣傳用的飛船在這片空域飛行，文彌就拿來用了。

「很可惜，從空中果然看不到裡面的狀況。」

一名黑衣人這麼說，文彌一臉不悅地聆聽。

「……黑川，你那邊呢？」

「隱藏真正殺意的有兩人，其中一人是昨天那名少女。」

「她嗎……記得叫做榛有希？」

「在組織裡好像大多以『Nut』這個識別代號稱呼。不過被數百名學生散發的氣息妨礙，沒辦法確認她在校舍的哪裡……」

黑川說到這裡暫時停頓，朝文彌投以愧疚的視線。

「看來您還是需要潛入校內了——闇『大小姐』。」

「唔……」

文彌穿著達也所就讀國中的制服。女用水手制服。

「為什麼要打扮成女學生潛入……」

「因為可能遭遇昨天的殺手……大小姐不想被誤以為其實是喜歡穿女裝的男性吧？」

「我是男的！這不是誤解！」

「是的，屬下明白。」

黑川**溫柔的眼神**使得文彌咬脣。

雖然嘴裡抱怨當成最後的掙扎，但文彌其實也知道必須這麼做。否則他不會換上水手制服。

「……我出發了。」

「請小心。」

文彌認命走向吊艙的艙門。

文彌降落在校舍樓頂。當然沒做出跳傘的顯眼舉動。或許無須多說，但他使用了疑似瞬間移動魔法。

瞬間移動魔法無論是水平方向還是垂直方向都沒有差別。水平飛行一公里與垂直下降一千公尺的難度相同。以魔法下降時，重力也有產生作用，但基於術式性質是以幾乎靜止的狀態著地。

從樓頂入侵校舍之前，文彌試著使用「照陰鏡」。雖然不如黑川高明，但文彌的技術也達到實用等級。

他認為靠近一點或許能得到詳細情報才這麼嘗試，但學生散發的氣息果然太強，只抓得到大致的位置。青少年洋溢能量。他們下意識散發的精氣，對於解讀氣息的技術來說等同於干擾波。

（兩人都在一樓……昨天的少女在校舍正中央區域，另一人在邊角嗎？）

文彌先鎖定不是有希的另一人，開始移動。

這棟國中校舍是四層樓建築。文彌以中等速度下樓以免引人注目。

他來到三樓的時候，學生們開始魚貫進入教室。大概是上課時間快到了。

原本擅長潛入的是雙胞胎姊姊亞夜子，文彌的魔法適合戰鬥。憑亞夜子的本事，應該可以站在房間一角不被師生察覺吧。她的魔法能讓自己變得近乎透明。

文彌無法選擇混入教室，只能在如今無人的走廊到處走。

雖然這麼說，但她也是四葉家諜報部門——黑羽家的長子，也是在精神干涉系魔法具備優秀天分的魔法師，擁有幾種掩飾己身存在的手段。

文彌隔著衣服操作藏在水手制服袖子裡的ＣＡＤ。為了進行諜報活動，他在魔法教育之外還習得這種小技巧。

文彌在水手制服底下讀取啟動式，發動魔法。

表面看起來沒有變化。但文彌滿意點頭，從階梯平台走向通往二樓的階梯。

早早就在這裡遇見教師。

終端機學習系統也已經在國中普及，但是各科目一定有老師在教室監視學生，回答問題或是指導落後的學生，這是國中普遍的上課光景。國中會定期舉行辯論會，辯論會的企劃與實行也成為教師的工作。

所以學生進入教室之後，像這樣和教師**擦身而過**是在預料範圍之內。

只是擦身而過。只在瞬間四目相對，教師沒警告文彌，甚至一副「不想有所牽扯」般別過臉離開。

精神干涉系魔法「凶眼」。透過視線讓對方感到敬而遠之的魔法。

若是以最高強度使用，這個魔法可以引發恐慌，逼對方在這種恐慌狀態自殺，不過現在只要讓對方認為他是「一旦有所牽扯會很棘手的學生」這種程度就夠了。

設定成威力較低，持續時間相對較長的「凶眼」。文彌讓雙眼隱含這種目光，走向他偵測到的殺氣位置。

◇◇◇

上課的鐘聲響了。

再等約五分鐘之後，有希鑽出保健室的床，開始行動。

ＩＤ卡放在床上。向警備系統告知自己現在位置的ＩＤ卡，接下來反而會礙事。

（那個男生的班級是……）

有希從記憶裡抽出搭檔查到的情報，前往中央階梯。

在這所學校，三年級的教室在四樓。移動距離長，被發現的風險也跟著增加。為了以速度抵銷風險，有希沿著階梯一口氣衝到最上層。

雖然沒發出腳步聲，但裙子難免變得稍微不檢點。反正沒人看……都已經十七歲了，還在身穿國中制服的狀態被人看見裙底風光，即使不是有希或許也有點想死吧。

總之感覺不到路上被別人目擊。從事前的情報就知道，在還沒發生事件的狀況下，監視器是可以忽略的。

（換句話說就是一次決勝負。）

錄影檔案沒辦法動手腳。然而只要不是即時監視，**就可以引發事件**。

將煙霧兼瓦斯彈扔進司波達也的教室，趁亂以第一招解決。這就是有希的計畫。

使用的瓦斯效果是酩酊。沒有強烈到立刻剝奪意識。即使被批為偽善，他也不希望無辜國中生受到後遺症的折磨。

幸好四樓走廊沒有人影。也感覺不到礙事者的氣息。

話雖這麼說，但是昨天的「少女」可是毫無徵兆就突然出現。即使現在她的知覺沒感應到任何動靜，也不保證那個「少女」不在附近。基於各種意義都不能拖下去。
有希壓低姿勢，移動到目標教室的門前。
裡面安靜無聲。
不，甚至感覺不到人的氣息。
（……？）
覺得可疑的有希，悄悄稍微打開門，從門縫窺視教室內部。
（……嗄？）
教室裡沒有任何人。有希在這個時間點終於察覺沒有氣息的原因。
（換教室？還是體育課……？）
現在剛好是沒在班級教室上課的時段。
因為撲了個空，所以難免鬆懈。
她察覺剛才自己來到這裡使用的階梯有人上樓時，成功逃到走廊另一端的可能性只剩五成。
猶豫只在一瞬間。
有希逃進教室，以不發出聲音的範圍盡快關門，再躲到講桌底下。

◇◇◇

文彌來到的是打掃業者的準備室。和工友室或值日室不太一樣。這所國中沒有打掃時間。這是為了避免學生笨拙的打掃造成環境不衛生，便請專業的打掃業者進駐。備品的更換或簡單的修理也由打掃業者一起承包。

如今在私立學校，這種形式的業務委託沒什麼好稀奇的。

這個房間是出入業者的更衣室兼工作用具的暫存庫。可以說和福利社並列為外人易於進入的場所。

（身分查核肯定也相對嚴格……不對。）

文彌將這個出自先入為主觀念的疑問趕出腦海。他感覺到這附近有人蘊含殺氣，前方又是方便外人入侵的房間。認定兩者無關才是錯的。

房間裡沒人。如果那個殺氣來源是暗殺者，那麼那傢伙已經開始行動——

（——！我還在這裡悠哉什麼！）

文彌匆忙回到階梯處。

達也的班級正在上體育課，所以教室沒人。若要設置炸彈之類的東西，現在是絕佳機會。

（才剛開始上課。）

即使已經設置完成，時間也還足以拆除。文彌壓抑焦急的心情快步上樓。

◇ ◇ ◇

（——居然進來了。）

開門聲以及接近的腳步聲，使得躲在講桌下的有希屏息在內心咒罵。

腳步聲是一人份。像是抱著頗大物體的走路方式。

從走路步調推測，對方沒在警戒。或者是沒露出警戒的模樣。

有希悄悄從講桌側邊探頭。

視線追上腳步聲之後，立刻將頭縮回去。

（那傢伙是——！）

雖然只看到背影，但肯定沒錯。入侵教室的男性是她的同事——炸彈魔「Bobby」。

Bobby穿著連身工作服。腰上有個大腰包，以帶子繞過背後固定。雖然只有一瞬間，但也確認得到像是打掃業者商標的東西。

（嘖……早知道我也那樣比較好。）

她沒想到可以扮成清潔員進入學校。

（Croco，為什麼沒和Bobby使用一樣的方法……不，原來如此。）

正要向搭檔亂發脾氣時，有希察覺自己的怒火不合理。

Bobby擅長的手法是炸死目標。

要炸死人，就必須設置炸彈。

入侵目標對象的生活圈是必備的前提條件。

為了完成殺手的工作，Bobby肯定平常就開拓、確保各式各樣的潛入手段。

（就算這麼說，我也不想尊敬他。）

有希也認為這份專業意識了不起。不過到頭來，Bobby是自己待在安全場所，必須無謂殃及許多人才殺得掉目標對象的炸彈魔。至少不是能在街上執行任務的殺手。

（……你去把軍事設施或恐怖分子的巢穴當成目標好嗎？）

有希無論如何都忍不住這麼想。

即使在內心盡情貶低同僚，有希也沒洩漏氣息。父母傳授的忍者修行以不完整的形式結束，但是植入她身體的隱身技術是一級水準。

身穿工作服的炸彈魔Bobby沒察覺有希的視線，移動到靠窗座位。

雖然從剛才就看見他雙手抱著某個東西，但有希終於成功確認了。

Bobby拿的是學生使用的同款椅子。座面是樹脂材質，椅背是固定的，但是四根椅腳內建高度調節機能可以同步升降。國中使用這種椅子可不便宜，在公立學校肯定撥不出預算，可以說是私立學校才有的備品。

（換椅子……？原來是這樣嗎？）

有希自認已經看透Bobby的企圖。依照她的推理，Bobby要將目標對象坐的椅子換成暗藏炸彈的椅子。是以感壓開關或時限開關炸死目標的計畫。

（只要炸死坐椅子的對象就好，所以威力不必大到炸毀整間教室……殃及的人數大概是五到六人吧。）

如果Bobby企圖設置殃及幾十人的機關，她就打算妨礙。正因為是為自己的疏失善後，所以不想坐視違反己身主義的殺戮。

（如果是五到六人的程度……）

但如果只有這種程度的犧牲者就別阻止吧。有希如此心想。其實別說五到六人，即使是二到三人，不，即使只有一人，她也不想害死無關的孩子（國中生和她比起來無疑是「孩子」）。不過Bobby是公司叫他來協助有希的工作。

暗殺那個男國中生，其實是必須由有希獨自解決的善後工作。她妨礙Bobby做事可說是毫無道理可言。

而且若要說無關，司波達也本身也只不過是看見殺人現場的人。

對方確實不是外行人，比起犧牲普通的國中生，罪惡感比較少，但同樣是有希為求自己方便而想取他性命。說起來殺手不該懷抱罪惡感，有希也理解自己的「主義」只是偽善。

雖然早已理解，但是否能發自真心接受就另當別論。

有希在內心咂嘴。

（……別拖拖拉拉的，快點做完吧。）

在講桌下，有希向同僚發洩不成聲的情緒。

有希想儘快離開這裡。她沒自信能夠一直旁觀同僚設置炸彈。

即使讓同僚炸彈魔看見，有希也沒有不便之處。雖然沒聯手而是各自行動，但彼此是相同組織的成員，目的也一樣。

既然工作風格不同，也不必強迫幫忙。

只要從狹小的講桌底下鑽出來簡單打個招呼，有希就能離開這間教室。

但她不惜強忍拘束的感覺繼續躲著。

或許是不願意被認為自己贊成炸死的手法。

也或許只是錯過時機。

不只是理由，連這時候沒露面是不是正確的做法，事後的她也不曉得。

大概是炸彈設置完畢，Bobby抱著原本放在該處的椅子轉身。

就在這個時候，教室的後門開啟。

Bobby洩漏出慌張的氣息。

有希無法責備他粗心大意。因為雖然有希沒洩漏氣息，但她同樣冷不防嚇了一跳。

（沒能捕捉到她的氣息？）

有希從講桌暗處窺視，出現在視線前方的是身穿這所學校制服的女學生。

（蹺課？忘記拿東西？不對，不是這種原因！）

普通國中生不可能那麼完美消除氣息。

「……怎麼了？忘記拿東西？」

Bobby向女學生搭話。他大概也覺得那名少女不是普通人所以出言試探吧。

（笨蛋！）

然而這個行為只會刺激這名不可能是普通人的少女。

「少女」內部的鬥志動了。雖然沒有強到稱得上殺氣，卻是近似殺氣的攻擊徵兆。

（是昨天的女生嗎？）

這股意志的波動，使得有希察覺這名女學生是昨天打倒Jack的「少女」。

這時，她的身體動得比思考速度快。

少女從裙子口袋取出有希眼熟的「短針槍」。

但是有希比她早一點點扔出高爾夫球大小的瓦斯手榴彈。

手榴彈爆炸。

酩酊效果的灰色煙霧迅速擴散。

「少女」捂嘴蹲下。

不是煙霧生效。有希憑著直覺得知對方只是做出防禦毒氣攻擊的姿勢。Bobby將椅子摔到地上，刺耳的噪音和灰色煙霧一起充斥在室內。

有希跑到Bobby身旁，不發一語粗魯抓住他的袖子。

就這麼默默以不容分說的力道猛拉。

受到酩酊毒氣影響而站不穩的殺手同夥，由有希像是拖行般帶離教室。

◇ ◇ ◇

灰色毒氣遮蔽視野的教室裡，文彌以聲音與氣息察知一男一女從前門離開。

文彌隨手開窗，毒氣像是被吸出去般向戶外流動。不必擔心底牌被看見的現在，文彌使用魔法排出毒氣。

「……這邊先嗎？」

文彌追蹤的殺氣源頭，應該是剛才的兩人。他們肯定就是鎖定達也的暗殺者。但現在文彌好奇那個工作服男性原本想做什麼。

（最好別碰吧。）

那名男性摔落的椅子，應該是達也原本坐的椅子。放在達也桌子前面的，是那個殺手掉包的東西。直接思考就覺得這張椅子設置某些機關。像是坐下去就會射出毒針，或是體重壓下去就會引爆炸彈。

文彌以左手撥起假髮，打開左耳的通訊機。

『我是黑川。發生什麼事嗎？』

立刻傳來回應。雖然是小型通訊機，但收訊很清楚。

「我現在把暗殺者留下來的椅子送過去。」

教室裡沒人，但文彌以符合外表的語氣說話。除非相當鬆懈，否則他的「扮裝」近乎完美。

『達也大人的座位被安裝炸彈嗎？』

「有這個可能性。」

所以不能扔著不管。不必說得這麼詳細，黑川也理解文彌的意圖。

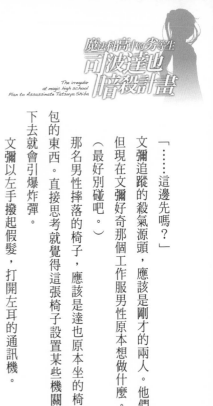

『知道了……請。』

對話出現空白，應該是打開吊艙門所需的時間吧。

「要過去了。」

文彌如此解釋之後，接連行使三個魔法。

讓椅子浮空移動到窗外。

在椅子周圍架設反物資護盾。用意在於即使中途爆炸，碎片也不會飛散。然後以疑似瞬間移動將椅子朝著飛船發射升空。

『收到了。』

發射沒多久就收到回應。從魔法性質來看是理所當然，但幾乎沒花費時間。

「別忘記放護盾。」

『屬下明白。』

「我繼續追蹤。」

『要派處理班過去嗎？』

他說的「處理班」不是炸彈處理班，是將無戰力敵人搬走的小隊。因為大多要「處理屍體」所以叫做「處理班」。

文彌在內心檢討黑川的提案約半秒。

「讓他們在學校外面待命。可以進來的話，我會打暗號。」

『遵命。』

文彌一邊走一邊關閉通訊機。來到走廊豎耳聆聽，凝神注視。他的能力不足以將刻在世界的事象紀錄當成閱讀眼前書本般自在讀取，但如果是追蹤人類移動的痕跡就不難。

文彌的固有魔法是直接對人類精神賦予痛楚。這個魔法必須能認知具備痛覺的精神個體才能成立。感應精神外洩的波動是文彌擅長的領域。

文彌以不輸跑步的速度，無聲無息開始行走。

◇◇◇

有希在她快要走到二樓通往一樓的階梯時察覺追蹤者。

沒有腳步聲。但是五感也和肌力一起強化的有希耳朵，捕捉到各教室隱約漏出的雜音連續被阻斷。

個頭嬌小的某人正在接近。有希從經驗理解這一點。

「……正在追過來？」

還走不穩的Bobby，以終於變得流利的語氣詢問有希。看來他從有希的舉止察覺追蹤者。

Bobby還沒完全擺脫毒氣的影響，因此逃走速度快不起來，但使用毒氣的是有希自己。雖說在那個狀況需要那麼做，但她不好意思拋棄Bobby，所以現在也像這樣扶著Bobby。

「嗯。」

「很近嗎？」

「……嗯。」

不過，這樣下去逃不掉。回答Bobby的問題之後，有希明確意識到這一點。

「Nut，把我留下。」

Bobby意外提出打破僵局的方法。他停下腳步，放開當成拐杖支撐身體的有希肩膀。

有希停下腳步，一臉不耐煩般看向Bobby。

「你是傻子嗎？」

「妳說什麼？」

「啊，說錯了。不准講這種傻話。」

「……妳真的是說錯？」

「不擅長近戰的你，對付不了剛才那個女的。」

有希無視於Bobby的吐槽。現在不是拌嘴的狀況。

「那就更該把我留下。既然是那麼難纏的對手，這樣下去我們會同歸於盡。以我的能耐好歹可以爭取時間。」

「不准講這種你自己都不相信的話。而且不會同歸於盡。因為我必要的時候會拋棄你。」

有希回答完就壓低身體扛起Bobby。不是背他，是腳向前，頭向後，當成水泥袋扛在肩上。

「喂？」

「這樣比較快。」

如有希所說，她以更勝於剛才的速度開始下樓。

「Nut，妳為什麼做到這種程度……」

「吵死了，閉嘴。小心咬到舌頭。」

Bobby說的沒錯，有希沒理由非得救他到這種程度。

老實說，有希也自問「我這是在做什麼」。可惜不是「自問自答」，因為沒得出答案。

有希原本討厭Bobby。現在也以現在進行式討厭他。不是容貌或個性怎麼樣，是不喜歡他炸死人的作風。「拋棄你」這句狠話肯定忠實表現有希的心情，所以有希無法說明自己為何不惜扛著也要帶他走。

這份迷惘影響腳步的可能性恐怕不是零。不過爭吵造成的延宕更是決定性的要素。

「咕呀！」

Bobby突然哀號，在有希肩上劇烈顫抖。他的體重對於身體強化中的肌力不是太大的負擔，但是比有希大兩輪以上的體格亂動，有希也終究支撐不住，失手將Bobby摔落。

Bobby滾下階梯時，深色的針從他的腰部探頭。

對這種針有印象的有希，甚至忘記抓住Bobby的身體，連忙轉身。

她驚愕睜大雙眼。

有希知道對方在追她。

但肯定還有一層樓的距離。

**沒聽到**像是跳下來的**空氣流動聲**。

但是再怎麼在內心否定，她的雙眼也傳來無情的現實。

那裡是身穿水手制服與黑褲襪的鮑伯頭美少女。

右手所握袖珍手槍大小的短針槍槍口朝向這裡。

以冰冷的雙眼俯視有希。

# 〔8〕

對於文彌來說，要追上逃跑的兩名殺手輕而易舉。

其中一人是受到（非致命）毒氣影響而無法自由行動的狀態，另一人一邊協助一邊逃走，所以即使不是文彌應該也不難追蹤。

文彌在下樓途中，像是回想起來般操作CAD。

選擇的魔法是以聲音為對象的「擴散」。魔法所及範圍是他所在的階梯以及上下兩層樓的走廊，定義為「未阻斷空間」的領域。這是將他**阻擋到**的聲音以及沒被阻擋就經過的聲音平均化，讓人無法區分的魔法。

和疑似瞬間移動一樣，這也是雙胞胎姊姊亞夜子擅長的術式。雖然完成度比不上姊姊，但是平常就從旁觀看姊姊魔法的文彌，使用「擴散」的水準遠超過一般的**戰鬥**魔法師。

魔法發動之後，不可能聲音識別文彌。持續時間設定為三十秒。這段時間足以捕捉到先跑的暗殺者。即使持續時間設定為不必要的長度，也只會對自己造成多餘的負擔。接下來要戰鬥，所以應該避免浪費力氣。

操作CAD完成魔法的短暫時間，文彌也沒停下腳步。他輕快跑下樓，二樓通往一樓的階梯中央轉角平台，將中年男性扛在肩上的少女背影映入眼簾。雖然不知道那名男性的身分，但他是掉包達也椅子的工作服男性。

有希再走幾階就抵達一樓走廊。即使她走到走廊，對於文彌來說也沒有不便之處，但是反過來說也沒有理由等待。他以握在右手的武裝演算裝置瞄準工作服男性。

模仿袖珍手槍設計的演算裝置槍口射出兩寸（五．〇八公分的針），刺中工作服男性腰部。

男性放聲哀號，在有希肩上亂動。

有希抓不住，男性從她肩膀摔落。

文彌面無表情俯視這一幕，卻暗忖「失誤了」而板起臉。男性那麼劇烈向後仰，超乎文彌的預料。不知道是痛楚造成的，還是電流造成肌肉收縮。無論如何都是文彌失算。

文彌看見男性在摔落階梯的過程中，頸部不自然地扭曲。不必重新確認就知道那是致命傷。

雖然沒慌張，但後悔念頭襲擊文彌。現在不是非殺不可的狀況，他也沒有致人於死的意思。文彌還沒達到殺人無感的境界。

為了將注意力從後悔念頭分散出去，文彌裝出格外冰冷的態度。

階梯下方，有希燃起憤怒與憎恨之火瞪著文彌。

文彌告誡自己要冷靜，同時正面注視她的雙眼回應。

武裝演算裝置朝向有希，並不是文彌刻意這麼做。他只是自然擺出訓練時植入身體的戰鬥姿勢，類似反射動作。

「妳是……什麼人？」

就有希的角度當然會這麼問，不過文彌沒預料到她會在這個場面搭話。

——該回答嗎？

即使文彌已經變聲，聲音還是差不多高。喉結一點都不顯眼，反倒可以說「沒有」。即使出聲也幾乎不可能暴露真正的性別。

更重要的問題在於「該回答什麼」。或許「什麼都不該回答」。

若以需不需要來判斷，就不必回答有希的問題。要文彌表明真實身分是不可能的。

不過——如果只是識別代號，告訴她也沒關係吧？與其完全保持神祕，有個稱呼或許更能造成對方的壓力。

「應該不是不會講話吧！至少報上名字啊！」

「Yami。」

文彌以這兩個字回應「至少報上名字」的要求。

◇◇◇

少女以袖珍手槍大小的「短針槍」瞄準有希。有希和她互瞪，同時對抗內心強烈的慌張。

她很擔心從肩膀摔落的Bobby狀態，但現在無暇確認。現在是槍口指著她的狀況。移開視線是自殺行為，但是在如此認知之前，她根本就害怕到不敢這麼做。

那個「少女」的「短針槍」不一定是造成致命傷的武器。因為針又尖又細，不會廣範圍破壞組織。雖然會因為電擊而灼傷，卻反而也有抑制出血的效果。有希昨天目擊Jack中槍的傷口得知這一點。

不過再怎麼輕微的傷，打中要害還是會出人命。而且即使沒被槍殺，要是被抓就不知道後來會如何。Jack昨天中槍之後就這麼被扔著，但今天不一定相同。

「少女」如同人偶面無表情，也不發一語。

這個態度激發有希的恐懼。

有希對於害怕的自己感到火大，無法沉默下去。

她詢問「少女」的名字。

「少女」只回答「Yami」。

（「Yami」？「彌美」、「彌實」、「矢美」……不對，是「闇」嗎……？）

感覺這名字和「少女」**可愛**的臉蛋不搭。

但同時也感覺和年齡不符的穩重舉止很適合「闇」這個名字。

聲音偏低配不上長相，卻不到成熟的程度。不過從這句簡短回應完全感覺不到逞強或緊張。

不只是裝備，精神上也做好戰鬥的準備。有希有這種感覺。

「……妳想怎麼處置我？」

有希說出口之後，覺得這是多餘的問題。雖然不知道最後想怎麼做，但她很清楚對方**打算先怎麼做**。

有希依照直覺跳向側邊。

深色的針貫穿她的殘影。

有希雙手雙腳撐在牆壁「著地」，沿著牆壁一口氣往下衝到階梯盡頭。

闇的槍口瞄準牆上的有希。

有希先伸出雙手再伸直雙腿，跳到對側牆壁。

單手抓住牆角減輕跳躍的力道，降落在一樓走廊。

有希的身影從階梯消失。

◇◇◇

追丟有希的文彌衝下階梯。

要是在這裡放過她，可能會殃及這所學校的學生。有希看起來不是隨便增加犧牲者的類型，但終究是職業罪犯。在陷入絕境的狀況不保證會尊重他人的生命。

有希消失在文彌所見的階梯左側。

文彌沿著左側牆壁下樓。

工作服男性的屍體倒在階梯右側是原因之一，不過面對左側的敵人，沿著左側牆壁移動比較不容易被發現，文彌這麼做是下意識依照這個守則的結果。但是這麼做的同時也意味著難以找到藏身的對手。

文彌在最後一階停下腳步，從牆角悄悄觀察走廊。

蹲在牆壁另一側的有希舉刀刺向文彌。

文彌向後仰，躲開鎖定胸口的刀尖。

（原來沒逃走！）

完全被將計就計的文彌失去平衡，一屁股坐在階梯。

有希改成反握刀子，踩著階梯要襲擊文彌。

文彌確實以雙眼捕捉有希的動作。

文彌舉起武裝演算裝置的槍口。雖然是袖珍手槍大小，但針比子彈細得多。由於是以魔法發射，所以也不必火藥。

針的裝填數是六根。還剩四根。文彌毫不猶豫扣下扳機兩次。

目標是雙肩。他的計算是對方無論往左還是往右躲，都有一槍會命中。

不過有希這時候的動作也超過文彌的預測。

她只以踩在階梯上的單腳使力，就跳過文彌的身體。

兩根針都只擦過有希的裙子。

她以像是前滾翻的姿勢，將左手撐在上方階梯，只以一條手臂支撐自己的重量，俐落併攏雙腿，順著伸腿的力道在上一階著地。

此時有希的裙子整個往上翻，不過說來可惜，跌坐在階梯上的文彌視線追不上——沒看見她裙底藏了什麼東西。

有希往上跑到轉角平台。

文彌槍口朝向她的背，但有希像是看見自己被瞄準，往平台右邊撲過去。階梯是向右轉。從一樓到轉角平台的兩側都是牆壁，轉角平台到二樓則是胸口高度的扶手。不過扶手是水泥材質，一樣成為瞄準的盲點。

文彌從階梯左側往上跑。以剛才的偷襲為教訓，為了儘早視認死角所以繞外圈。

爬上階梯也沒有偷襲。

文彌在平台轉彎，抬頭看向二樓。

有希在那裡等待。

右手架著袖珍手槍。

有希帶槍在文彌的預料之外。直到現在都沒使用，所以斷定她沒帶槍。

文彌反射性地踏向右側邊，讓身體躲開射線。

◇◇◇

有希三階併兩階，一口氣從轉角平台衝上二樓。

在通往三樓的第一階蹲下，以扶手當成掩蔽物。

此時她掀起水手制服裙襬，從綁在大腿的小槍套抽出袖珍手槍。

上下雙管雙動的擊錘內藏式。不是模仿袖珍手槍的演算裝置，是真正的實彈槍。

就這麼逃走也是一個方法，但有希選擇交戰。

有希沒有遠距離攻擊的手段。她的主武器是刀子。右手握的袖珍手槍，雖然不到該類型手槍代名詞的戴林格那種程度，但有效射程距離極短。

如果一直逃到視野開闊的場所，可以預見單方面遭受攻擊的事態。還不如以近戰打傷對手再逃跑，成功逃走的可能性應該比較高。

而且如果只是逃走沒給對方一點顏色瞧瞧，總覺得不是滋味。有希內心確實也有這種想法。

有希只在瞬間躊躇，就從藏身的扶手衝出來。

幸好闇還沒爬上階梯。

有希舉起袖珍手槍。

闇剛好在這個時候出現在轉角平台。

這是最佳時機。

認出有希的闇，反射性地要沿著原路後退。

從階梯上方往下方使用這把槍，無法期待子彈命中。不只是有效射程距離本身太短，有希講客套話也不擅長用槍。

但是闇應該不知道有希的用槍技術，「命中率差」也等於「可能偶然命中」的意思。在

無風的室內不能忽略歪打正著的可能性。

闇的閃躲雖然是反射動作卻合理。

有希計算過闇會採取合理的戰鬥行動。

這個預測命中了。那麼，這邊也按照預定採取行動。

有希含著袖珍手槍，使勁朝階梯下方一撲。

途中伸手撐兩次，維持比扶手低的高度跳向轉角平台。

右手撐在平台，擺動雙腿將身體扭向左側。

左手握著剛才含在嘴裡的槍。

有希一邊在平台地面翻滾，一邊在旋轉的視野朝闇舉槍扣下扳機。

不期待命中。

迅速旋轉的有希站起來之後，就這麼順勢蹬地。

身體到處都在痛，但是現在無視。

她的身體強化雖然不會給予無敵的身體，但強化過的肌力產生近乎無敵的強度。

有希順著落下的力道加上強化的腿力，跑上轉角平台的牆壁。

闇躲避槍擊，在下方階梯壓低身體。

在那一瞬間不只蹲下還移動一步，光是這樣就是了不起的身體能力，但闇明顯沒看見有希。

有希在牆上橫向奔跑，在天花板附近撲向闇。

闇之所以驚覺不對往上看，大概是對水手制服領巾與裙襬翻動的聲音起反應。有希在同一時間降落在闇眼前。

有希在空中反握的刀子以右手揮下。

闇以左前臂架住有希的右手腕，擋下這一刀。

有希的左手扣下袖珍手槍的扳機。

闇的右手扣下「短針槍」的扳機。

袖珍手槍射出的子彈，貫穿闇的裙子陷入右腿。

晚一瞬間發射的針刺中有希的左臂。

電擊竄過有希左臂。

在灼傷的痛楚來臨之前，有希截斷左臂的知覺。這是身體強化的應用。

袖珍手槍從有希左手滑落，但反正是二連發式。兩槍都開了，也沒有裝彈的餘力。

有希背對闇，跑下階梯。

途中，她受到強烈的危機感襲擊。

有希反射性地往上跳。

右手撐在傾斜的天花板，右腳蹬牆往左跳。

以左腳蹬向左側牆壁，這次是往前跳。

有希在最下層的階梯著地，沒違抗力道往前翻。

活用力道起身之後，這次真的一溜煙跑走。

◇　◇　◇

中槍的右腿在喊痛。文彌額頭冒出冷汗，不出聲忍受著劇痛。

可以用魔法掩蓋痛楚。但是現在應該更優先做另一件事。

文彌放開右手的武裝演算裝置。雖然還有一根針，但是為了操作戴在左腕的ＣＡＤ非得空出右手。

文彌身體靠牆，操作藏在袖子底下的ＣＡＤ。

手鐲形態卻是特化型的這台ＣＡＤ，儲存文彌王牌魔法的啟動式。

魔法名為「直結痛楚」。

直接朝對方精神給予痛楚的魔法。

痛苦的種類包括文彌所知的一切。

強度自由調整。

文彌要向逃跑的有希使用的魔法是給予觸電痛楚，強度足以令人昏迷的魔法。

但是在魔法即將發動時，有希消失了。

找不到有希的人影。

現在的文彌，無法以不確定位於何處的事物為對象發動魔法。

即使沒有直接目視，只要知道位於何處，就能以魔法干涉。然而一旦追丟就無法施加魔法。

他還沒學會只以事象伴隨的情報進行魔法瞄準的技術。沒掌握到訣竅。

踢牆壁的聲音引得文彌看過去。

但是有希的身影已經不在那裡。

眼睛追不上她特技般的動作。

文彌最後看見有希的身影，是她從階梯邊緣往走廊消失的腳。

文彌就這麼背靠牆壁，慢慢滑落坐下。

腿好痛。

不過更重要是必須想辦法處理倒在階梯的工作服男性屍體。

這種東西被人看見會天翻地覆。

文彌忍著痛苦，以左手操作右腕的ＣＡＤ。

先打開階梯轉角平台的庄戶。

接著以疑似瞬間移動將男性屍體扔上天空。

雖然沒有聯絡討論，但飛船上的黑川他們肯定會幫忙處理。

牆壁留著彈孔，不過這種程度應該只會當成「案件」了事。

腳邊的武裝演算裝置收回裙子口袋，有希的袖珍手槍塞進另一邊口袋，善後工作算是告一段落。

文彌放鬆力氣靠在牆邊。

他放空內心約數十秒。

說來冒失，他是察覺有人接近的氣息才回神。

文彌連忙要起身，卻因為劇痛再度蹲下。

子彈穿透防彈防塵纖維的制服與褲襪，射入大腿外側。

衝擊不是很強烈，所以應該不是以火藥的威力打穿。

看子彈形狀，應該是提升貫穿力的金屬包覆尖頭彈。如果不是防彈纖維，腿恐怕會被射穿。以中槍部位來說，這樣或許比較好。

總之得離開這裡。文彌慌張心想。
「怎麼了？」
階梯下方傳來的聲音令他僵住。
熟悉的聲音。不可能聽錯。
「……司波同學，那個女生是不是不舒服……」
「你們先走吧。我帶她去保健室。」
「你一個人沒問題嗎？」
「沒問題。」
像是同班同學的三名男生，乖乖聽從達也這番話。
看來達也在這所學校也讓人另眼相看。文彌這麼想就莫名開心。不過浮現在他嘴角的笑容立刻因為腿部的疼痛消失。
文彌抬起頭。
穿運動服的達也單腳跪在他身旁。
「闇，果然是你。」
「達也哥哥……我，那個……」
達也以眼神制止文彌解釋。

左手蓋在文彌的槍傷。

響起清脆的聲音，小小的子彈落在階梯。

文彌的傷瞬間消失。

達也也將左手朝向牆壁的彈孔。

牆壁復原，子彈掉落。

「這個你拿走吧。」

達也撿起兩顆子彈交給文彌。

「謝謝……我好丟臉，放她逃走了。」

「看來並不是『直結痛楚』不管用。」

「……是的。」

文彌點點頭。腦海甚至沒浮現想要矇騙的念頭。

剛才如果以直結痛楚攻擊，就不會放那個少女暗殺者逃走。如果沒將武裝演算裝置藏起來當王牌，而是一開始就使用直結痛楚，或許就免於這樣出醜。

文彌如此心想，咬住嘴唇。

「閃躲動作太快，沒能瞄準嗎？」

達也看著牆壁留下的小小腳印低語。

推理很正確，文彌低頭說不出話。

「看來不能像是拳擊那樣。」

不過達也不經意的這句話，使得文彌吃驚抬頭。

「達也哥哥，這是什麼意思……？」

「嗯？沒什麼，就是字面上的意思。拳擊是預測對方的閃躲再出拳吧？」

個頭小的文彌不擅長籃球或排球這種身高明顯影響優劣的競賽。與其說不擅長，應該說討厭。

相對的，他擅長近代之後採用體重階級制的格鬥技。尤其是業餘拳擊，他的實力好到如果參加少年大賽可以高機率奪冠。

「說得……也是。」

「哎，因為格鬥技偏重於依賴肉體的知覺啊。」

達也像是對自己這番話傻眼般露出苦笑。

「不，我受益良多！」

文彌對此露出愉快的笑容回應。

「這樣啊。」

這股氣勢，達也好像有點招架不住。

「不提這個，你最好在第一堂課結束之前離開。」

大概是要掩飾剛才不由得被嚇到，達也改變話題。

「這麼說來，現在還在上課對吧……？」

這句話使得文彌想起忘記至今的疑問。

上課時間肯定還有一半左右。達也和他的同班同學為什麼會經過這裡？

「嗯。總之，我蹺掉了。」

「蹺課……嗎？」

「因為比賽剛結束，我又口渴，就溜出來了。」

「這樣啊……」

沒繼續觀戰不會被罵嗎？文彌有點擔心。

同時也冒出「不拘小節的達也哥哥也好迷人」這種像是戀愛少女的思考。

◇◇◇

有希背靠校舍後方的牆壁，終於得以喘口氣。這裡成為一種死角，幾乎沒人接近，可以暫時當成安全區使用。這是有希聽鱷塚說的。

有希捲起水手制服左袖。手肘上面一點的肌膚，一根深色的針露出約五毫米的針頭。

有希以右手拇指與食指捏住針頭，一口氣抽出來。

同時解除左手的痛覺隔絕。差點發出來的叫聲，她硬是吞回喉嚨深處。

痛苦經過之後，她吐出壓抑至今的一口氣。

「各方面都不太妙……」

一邊調整呼吸，一邊發著自嘲的牢騷。

任務今天也執行失敗。明明不惜打扮成國中生冒著風險潛入，卻連目標對象都沒接觸成功。

沒能救出同僚。甚至沒能將倒下的同伴帶回去。

手槍留在現場成為證物。雖然沒有冒失到會被採集指紋，但在日本原本就很難取得槍，肯定會被調查入手管道。

「就算被開除，我也沒辦法抱怨了……」

被亞貿社開除。不同於被正派公司解僱，不只是丟掉工作這麼簡單。

不可能這樣就了事。

「但我當然不會乖乖就範。」

**被公司開除**是在所難免。

但是可不會**交出項上人頭**。有希對自己這麼說，為自己打氣。

◇◇◇

和達也分開的文彌來到樓頂。他試著使用「照陰鏡」搜尋殺氣，卻沒有找到。總之他判斷除了那兩人之外沒有殺手潛入，然後聽從達也的忠告撤退。

槍傷已經不痛，因為達也幫他消除了。分開之後，文彌才察覺達也代替他承受痛楚，受到非常愧疚的心情襲擊，但是為時已晚。現在就心懷感謝，將達也這份好意當成人情債吧。

「這裡是闇。」

文彌開啟一直戴在耳際的通訊機發話。

『這裡是黑川。收訊良好，請說。』

即使突然發話，回應也沒有延遲。

「我先回去一趟。」

『收到。需要協助嗎？』

黑川這麼問的意思，在於是否要在空中將文彌拉進吊艙。

「先幫我開門就好。」

文彌當然不會甘於被當成貨物對待。

看得見飛船。雖然不是連吊艙細節都看得見，但文彌依照自己的記憶，將門的位置設定為疑似瞬間移動的終點。

魔法發動。下一瞬間，文彌位於開著的門前。

被重力捕捉之前，文彌再度發動魔法，進入吊艙。

「**大小姐**，歡迎回來。」

不是黑川的另一名黑衣人，以稍微誇張的用詞迎接文彌。

文彌會抗拒部下過度將他當成大小姐看待，但他現在對這句話充耳不聞。

「我剛才送了屍體過來，成功回收了嗎？」

「是的。不過下次請事先告知。」

黑川回答文彌的問題。

文彌無視於他的怨言，確認工作服殺手的屍體倒在地上。

「頸骨折斷。這應該是直接的死因。」

黑川將文彌的視線解釋為詢問，先追加這段回答。

「身上有什麼？」

「腰包是可塑性炸藥約一公斤與工具，工作服口袋是各種小型引爆裝置。看來是專門炸死人的暗殺者。」

「炸彈魔嗎？這麼一來，剛才送來的椅子也是？」

「是的。暗藏了炸藥。朝座面施壓就會引爆的構造。」

「坐下去就轟隆是吧……」

真的是「屁股著火」。文彌想到這個和身上衣妝不搭的低級形容方式。

「要是爆炸，損害範圍會超過半徑十公尺吧。您立了大功，大小姐。」

黑川說的最後三個字令文彌內心不悅，但是考慮到還沒解除扮裝就沒抱怨。

「不，稱不上立功。另一人逃走了。」

「叫做榛有希的少女嗎？」

「是的。」

文彌回答的語氣平穩，臉上卻瞬間掠過不甘心的表情。

黑川假裝沒發現。

「看來那個異能者很難對付。」

黑川這句話應該是安慰。

「下次會解決。」

對此，文彌回以逞強的話語。

◇ ◇ ◇

壓低呼吸消除氣息藏身的有希，在第二堂課開始之後跳過圍牆逃離學校。這是按照預定計畫的行動。

跳下圍牆的前方停著一輛灰色廂型車。有希迅速坐進後座。

「失敗了。」

對於有希這句話，鱷塚沒有反問什麼，立刻開動廂型車。

有希不在意鱷塚的視線脫起制服。穿水手制服的少女在平日閒晃會無謂引人注目，開車的鱷塚恐怕會被臨檢。

她穿上牛仔短褲，套上作業員風格的外套。以髮圈束起頭髮，頭帶綁在瀏海底下，服裝輕便的勞動少女就完成了。

「話說Nut，應該還有Bobby才對……」

鱷塚聽聲音判斷換裝完畢之後，以有點躊躇的語氣對有希說。

「你早就知道了？」

有希以凶狠語氣回應。

鱷塚從中嗅出「為什麼沒事先告訴我」的責難，連忙回話否定。
「不！我是快要出發來接妳的時候才知道Bobby出動。因為公司指示我也要一起接Bobby。」
此時鱷塚擔心蹙眉。
「所以……妳沒見到Bobby？」
「那傢伙被打倒了。」
有希板著臉做出有點離題的回應。大概連她自己都不知道這是不是故意的。
「被打倒了？」
「中了之前那種針。不知道有沒有被抓。」
「那個少女這次也出現了？」
「嗯。名字好像叫做『闇』。反正應該是識別代號吧。」
有希以酸溜溜的語氣說完，像是辯解般補充。
「我左手臂也中招。不過也賞了對方一槍。」
「這樣啊……所以這次算是因傷停賽了。」
「照我自己的判斷就這麼算吧。」
短暫的沉默經過廂型車內。

「……要回公司真是憂鬱啊。」

「總不能不報告吧？如果決定閃人就另當別論。」

「忍者脫逃唯有一死。」

「哈……！」

鱷塚半開玩笑的這句話，有希哼笑置之。

但她其實知道，這句慣用語無法只當成玩笑話帶過。

# 〔9〕

政治的暗殺結社——亞貿社。結社的龍頭兩角來馬頭銜是社長，實戰部隊之一的有希沒有頭銜，也就是「一般職員」，但兩人是直屬的上司與部下。

某些部下擁有執行董事或常務董事的頭銜，但他們的工作是管理後勤部門與輔佐社長。執行董事或常務董事雖然會對實戰部隊的工作表現有意見，但是殺手指揮權始終掌握在兩角手中。兩角堅持要直接管理實戰部隊的殺手。

公司裡也有組隊行動的殺手。對於這種社員，兩角會透過隊長下令或要求繳交報告，不過像是有希這種獨行俠殺手，兩角一定會親自閱讀報告書，必要的時候直接交談。

話是這麼說，但亞貿社旗下的殺手超過三十人。正確人數是三十六人。今天一人除名所以是三十五人。

社長的工作不只是訓斥部下，「跑生意」也很重要，後勤部門那邊也不能任其自行運作。所以結果報告大多只用書面了事。兩角其實鮮少叫非幹部的殺手過來。

即使如此，有希已經是第四次因為司波達也的事情被社長叫去。一週內四次。自己的失敗被當成多麼嚴重的問題？有希不得不抱持危機意識。
有希強忍不安將今天的原委報告完畢，兩角在辦公桌後方抬頭注視她。
兩角沒耍奸詐的小動作煽動不安讓有希焦急。
「榛，我對妳的能力評價很高。雖然經驗難免不夠，但是妳的身體強化異能還有刀術、空手術與隱形術，各方面都無從挑剔。所以我至今沒對妳執行任務的方式插嘴。」
兩角手肘撐在桌面，稍微探出上半身。
視線壓力隨著雙眼接近而增加。這樣的錯覺襲擊有希。
身體擅自想要向後仰。有希朝丹田使力克制。
「但如果妳繼續失手，我就必須派妳做『不愉快』的工作。例如活用妳容貌的工作。聽得懂我的意思吧？」
「……是。」
說來遺憾，有希知道兩角想說什麼。
活用自己的容貌。比實際年齡小，還算亮眼的女性容貌。
有希並不是沒使用過色誘。為了接近目標，為了讓目標大意，扮演無力又純真的少女，反倒是有希常用的手法。
不過兩角暗示的是更正式的色誘。

在床上殺男人——正如字面的意思。

而且自己一絲不掛。依照目標對象的嗜好，得穿上不想穿的東西。不一定是衣服。

亞貿社旗下也有從事**這種工作**的殺手。實戰部門的**女性社員**從事**這種工作**的人反而比較多。

公司內部也有聲音要讓有希一起做這種工作。有希的容貌與能力適合這個領域。強化的臂力能空手折斷壯漢的脖子，也可以穿著當時的衣物在大樓之間飛竄脫逃。嬌小又修長的胴體，在難以正常色誘的男性之間有一定的需求……

有希免於從事這種令人聯想到「女忍」的工作，是因為她讓眾人認為她適合「使用蠻力」的工作。但如果是社長下令就無法說不。抗命等同於肅清。這方面不足的技術，肯定有許多同僚**樂於指導**。

光是稍微想像，有希全身就起雞皮疙瘩。

——要抱持被獵殺的覺悟溜走嗎？

這種想法甚至掠過腦海。

「我也知道發生不測的事態。司波達也的底細還沒查明，叫做闇的那名少女也不能忽視。」

「——是。」

「榛，我並不是要妳一個人解決這一切。」

有希雙眼浮現疑問。還沒化為話語之前，兩角繼續說下去。

「下次的出動由我來指示。大概要到後天吧。叫做闇的少女，我派別的小組處理。妳專心對付司波達也。」

「無法置信」的念頭掃過有希的意識。也就是說，全公司會一起彌補有希的過失。有希不記得接受過社長的特別待遇，肯定有某種隱情，但有希毫無頭緒。

「……知道了。」

總之確定沒被開除。有希決定將疑惑吞下肚。

讓有希離開之後，兩角深深躺在椅子上。

就這麼抬起頭。並不是天花板吊了什麼東西。他腦中浮現目前閒置的殺手臉孔，思考要在符合條件的社員中使用誰。

「……不是有所保留的場合了。」

兩角輕聲說完，決定投入目前沒任務的所有人。

亞貿社旗下「不是忍術使的忍者」在今天的失敗少了一人，現在是三十五人。

除去現在有工作抽不開身的人，以及不適合直接戰鬥的人，能用的殺手除了有希剛好十人。偵查要員之中也有戰鬥高手，但他決定這次從平常從事暗殺的社員挑選。

「……十個人就夠了。對方應該不是普通的丫頭，但是只有一人。即使是幹練的魔法師也休想逃走。」

兩角以感受得到昏暗執著的語氣呢喃。

「九重八雲……你就見識一下無法使用忍術，無法使用魔法的忍者骨氣吧。」

這是有希無法理解的兩角心底。

兩角完全認定司波達也與「闇」這兩人是九重八雲的自家人。

◇◇◇

在自己不知道的地方遭受誤解的文彌，正在暫住的週租公寓大為沮喪。

「少主，請不要這麼沮喪。」

「……你為什麼在這裡？」

文彌就這麼抱著頭，以陰沉的聲音問。

「因為屬下今天輪值。」

相對的，黑川以若無其事的語氣回答。

「不用擔心，屬下會在您休息之前離開。」

「……我沒擔心這種事。」

如今解除扮裝的文彌，外表也完全是男生。即使同性部下住在隔壁房間也不在意，對方也是相同的想法，所以他的回應變得冷淡。但如果知道黑川這句話是把文彌當成女生看待，文彌的態度肯定不會這麼心平氣和。

「啊，這樣啊。」

黑川一臉預測落空的表情低語。黑川故意將文彌當成「大小姐」惹他生氣，藉以讓他忘記自我厭惡。文彌比預料的還要冷靜，所以黑川的作戰以失敗收場。

「……少主，您對什麼事這麼掛心？榛有希確實逃走了，但是更危險的炸彈殺手已經解決，屬下認為處理得還不錯。」

「我沒在意這種事……」

文彌依然抱著頭。

解除扮裝洗完澡，想說坐在桌前開始寫今天的報告書，就突然變成這樣。從時間點來看肯定和工作有關，卻不知道具體在嘆什麼氣。

黑川無計可施般聳肩。

但是也不能扔著不管。或許會白費力氣，但黑川再度要向文彌搭話。

「明明是我粗心受的傷，卻扔給達也哥哥……」

幸好文彌主動開始告白，大概是承受不了自責的念頭吧。

「當時達也大人用魔法治好您吧？屬下明白勞煩他害您過意不去，卻也認為當成一種互助，率直接受照顧就好……」

就算麼說，黑川也無法理解文彌的自我厭惡。

「不是這種次元的問題！」

「這樣啊……」

達也治療別人傷勢的魔法機制，在四葉家內部也沒什麼人知道。即使知道他的「重組」無論是多重的傷都能瞬間完全回復，也幾乎只知道本質上和一般的治療魔法不同。

「為了治療別人的傷，達也大人得付出某些代價嗎？」

要得到某些東西，就必須失去某些東西。付出代價才會有成果，這個原則在這個世界大致成立，但是在使用魔法的時候不太注意到這一點。

過度使用魔法的話，魔法師本人會產生折壽或是魔法技能受損的嚴重影響。但是正常使用就沒有這種明顯的代價。

現在使用的魔法，雖然不能無視於質量守恆法則，卻是「看起來」沒被能量守恆法則束縛的技術。如果達也的「治療魔法」需要明確的代價，或許會成為重新審視現代魔法理論的契機。黑川藏不住好奇心也是在所難免。

「……有代價。」

文彌露出「糟了」的表情之後，不情不願地點頭。

「但是要付出什麼代價，我不能說。」

「知道了。屬下不會問。」

識相的黑川明確表示不會繼續追問。

原本有點賭氣的文彌平復心情了。不，他沒有再度抱頭，所以應該說「變冷靜了」。

「問題不是達也哥哥付出的代價。」

「問題是付出代價的原因……嗎？」

文彌點頭回應黑川這句話。

「不能繼續為達也哥哥添麻煩。雖然距離當家大人定的期限還有充裕的時間……可是對方甚至想使用炸彈。四葉家也不樂見騷動愈來愈嚴重，這個事件該做個了結了。」

「您的意思是說，要由這邊解決盯上達也大人的殺手？還是要解決組織那邊？」

「除掉殺手個人也不會結束。」

「那麼，要對亞貿社……？」

「沒錯。麻煩事要斬草除根。」

文彌強勢斷言之後，黑川像是看見危險物體般看向他。

「不請求支援嗎？雖說是民間的職業暗殺結社，但成員是幹練的忍者。」

「不是忍術使吧？」

雖然文彌沒意識到，但他這番話是自然認為非魔法師的戰鬥力比魔法師低一階。

「殺人不需要魔法。無法使用魔法卻強悍的對手比比皆是。亞貿社的殺手更不用說，即使沒有一般定義的魔法師，也已經確認有十人以上的ＢＳ魔法師隸屬於那裡。」

文彌沒忽視黑川的警告。

「先天的特異能力者嗎……」

ＢＳ魔法師，先天特異能力者，先天特異魔法技能者。或者大多簡稱為「異能者」。不想把他們或是自己歸類為魔法師的人，喜歡使用「異能者」這個稱呼。

ＢＳ（Born Specialized）魔法師的嚴謹定義，是專精於技術上難以轉換為魔法之異能的超能力者。不過，即使某些能力能以魔法重現，若是術士的造詣特別高超，也傾向於歸類為ＢＳ魔法師。

老實說，棒有希的異能也包含在「技術上難以轉換為魔法之異能」。肌力增幅，反應速度強化，身體強韌度與柔軟度提升，五感變得敏銳，現階段還沒有魔法能一次實現上述所有效果。

自我加速魔法只加速動作，肉體硬化魔法是讓外部給予衝擊或摩擦造成的影響無效，兩者都沒有身體強化異能這麼方便。與其使用魔法，使用藥物或是植入能給予大腦與神經電流刺激的電子機器更能實現身體強化這種能力——此外，以基因改造強化身體能力的人，比起藥物強化的效果僅停留在低階水準。

「從肉體層面來看，我們魔法師和非魔法師沒什麼兩樣。」

「我知道。」

文彌以重新繃緊神經的表情回應。

「剛才說對方不是忍術使，是我過於輕率。不過雖說要找人支援，你要找誰？拜託本家也不會派援軍喔。因為這是命令我完成的工作。」

「委託貢大人就好吧？雖然好像和前面說的矛盾，但是只要我們認真起來，即使沒有本家的協助，大部分的事情也都做得來啊？」

黑川說的「我們」是黑羽家。如果外人……例如四葉家以外的十師族魔法師聽到他這麼說，肯定會覺得他大發豪語而不悅。

但即使多少誇大其詞，卻不是吹牛。

約三十年前發生的事件，使得當時的四葉家失去約半數的實戰等級魔法師，至今也沒從這個重創回復——四葉的魔法師是精銳，卻只有少數。

不過這句話的意思，並不是四葉家能動員的魔法師人數很少。

四葉家有七個分家。椎葉、真柴、新發田、黑羽、武倉、津久葉、靜等七家。四葉家以本家與七個分家組成。

其中被稱為「四葉的魔法師」的只有本家血緣、本家直屬以及分家血緣的魔法師。分家旗下的魔法師，即使是從小培育也不會稱為「四葉的魔法師」。「四葉的魔法師是少數精銳」這句話的「少數」不包含他們。

如果不堅持必須來自第四研，四葉家的戰力絕對不是少數。而且從「質」的層面來看，分家從外部吸收的魔法師或是自己培育的魔法師，都不會比其他十師族差太多。若是以含數家系的百家當成比較對象，不只是毫不遜色，水準甚至可以說凌駕於他們。

四葉家的各分家，各自擁有不下十師族的戰鬥力。如果其中一個分家傾盡全力，即使是聚集何等高手的忍者集團，只要不是由九重八雲這種程度的大師率領就不會是強敵。

「不可能。」

但是文彌的回答很悲觀。

「父親不想讓我和達也哥哥有交集。要是我說喪氣話，他一定會叫我收手。」

不是對於黑羽家的實力，是對於獲得援軍的可能性感到悲觀。

「不過屬下認為，為求確實獲勝提出的增援委託，和喪氣話不一樣。」

「我也這麼認為。但父親不這麼認為。」

黑川至此停止反駁。

「……總之，請給屬下兩天準備。」

「……知道了。這邊會在三天後行動。」

雖然很想說「立刻行動」，但文彌強忍這個想法點點頭。

這次支援文彌的黑羽魔法師是十一人。合計十二人想擊垮成員超過百人的暗殺結社。結社成員應該不會都是戰鬥要員，但是再怎麼少，預估也要對付一倍以上的人。包括武器調度在內需要萬全的準備，文彌無須重新聽人說明也知道這一點。

「……啊，既然這樣，我想拜託一件事。」

調度裝備的這個念頭讓文彌聯想起一件事。他想對自己的CAD做個嘗試。

「什麼事？」

「可以幫我稍微改造特化型CAD嗎？我想把直結痛楚的快捷鍵設計在手套裡。」

「這種程度的話可以立刻完成……不過要設計在手套的哪裡？」

「可以麻煩改造成方便在握拳的狀態開啟嗎？」

「……既然這樣，就把按鍵裝在食指第一與第二關節之間吧。」

「說得也是，就這樣拜託了。」

「好的……不過，為什麼要這麼做？」

「我獲得了提示。像是拳擊那樣或許不錯。」

「這樣啊……」

黑川無法理解文彌不完整的說明。

但如果只是稍微改造ＤＡＤ，就不必打破砂鍋問到底。

「知道了。會在後天早上完成。」

文彌大概有某種想法吧。黑川決定這麼解釋。

◇◇◇

星期四。潛入目標對象少年所就讀國中的兩天後夜晚。

有希與鱷塚這對搭檔，正在跟蹤司波達也搭乘的自動車。

他剛送妹妹到禮儀學校。上週六他送完妹妹就前往附近的餐廳。雖然這次不一定也去同一間店，但應該一樣會在附近的店家打發時間。有希……應該說組織是這麼預測的。

「目標對象進入咖啡廳了。」

確認司波達也進入和先前不同的店家之後，鱷塚向通訊機發話。他在向公司報告。今天不同於以往，是依照社長擬定的作戰行動，不容許擅自搶攻。

『按照預定，車停在停車場之後，Croco進店裡。Nut在車上待命。』
「收到。」
鱷塚依照指示，將廂型車開進停車場。
「Croco，小心喔。」
有希在後座對握住車門門把的鱷塚說。
「我的長相應該已經曝光，所以想小心也沒得小心就是了。」
鱷塚以帶著死心的苦澀語氣回應，走出廂型車。

◇　◇　◇

反擊亞貿社的預定日期是明天，但是在準備的這段期間，敵方並不會等待。
昨天與今天，文彌都在監視那些鎖定達也的殺手動向——絕對不是當達也的跟蹤狂。
不知道是否該說幸好，他的監視沒有白費力氣。
「大小姐，那名少女出現在達也大人附近了。」
在本次任務成為文彌「貼身侍從」的黑川，在駕駛座以後照鏡和後座的文彌視線相對，告知暗殺者的動向。

「是榛有希？」

「是的。好像是躲在停車場。」

「和上次一樣嗎……」

喬裝成「闇」的文彌這句感想，透露出「沒創意」的言外之意。

「這邊不必配合他們重現先前的狀況。」

文彌沒花太多時間思考，將方針告知黑川。

「由這邊主動出擊，抓住她吧。」

「支援怎麼辦？」

「可以立刻叫來嗎？」

遭到文彌反駁，黑川露出不情願的表情。

「只要給屬下五分鐘左右……」

「好吧。」

文彌的回應出乎黑川意料。

「請派兩人跟著我，其他人封鎖逃走的路徑。你在有必要的時候負責追蹤。」

「遵命。」

原本預測會收到「不等支援」這個回應的黑川，沒能對文彌命令的分工提出異議。

◇ ◇ ◇

『Nut，聽得到嗎？』

不同於車載通訊機，以行動通訊機發話的不是鱷塚，是公司的女職員。

「聽得到，請說。」

通訊機另一頭透露失笑的氣息，大概是有希的「請說」戳中笑點吧。組織內部的通訊不必加上「請說」兩個字，有希至今被提醒很多次，但明明沒這個意思還是會不小心說出口。

有希也想改掉，不過一旦沒注意就會說出來，算是一種習慣。

因為自己也意識到要改掉這個習慣，所以脫口而出之後被他人指摘會不好意思。有希現在也裝作不在乎，嘴角卻微微抽搐。

『敵方行動了。』

不過，接下來從通訊機傳來的這句話，使她無暇在意這種事。

「敵方？『闇』的那班人馬嗎？」

『還沒確認，但可能性很高。正在包圍妳所在的停車場。』

如同文彌監視有希的動向，亞貿社也在不知道黑羽底細的現狀注意他們。讓有希先出動順便當誘餌，在遠處盯著妨礙她的集團何時出現。

『作戰改成第二方案。』

「收到。也幫我告知Croco。」

『好的。Nut, good luck。』

有希在通訊結束的同時下車。和上週六有希下手失敗的停車場不同，這裡是露天的平面停車場。從道路看得見有希，相對的，有希也知道停車場外面的樣子。

有希下車數秒後，大型房車在停車場旁邊緊急煞車。

以護目鏡遮住半張臉的鮑伯頭少女從後座現身。

（出現了，闇！）

今晚的闇不是穿水手制服，是藍色高領毛衣與同色的無袖連身裙。

在這種時候也穿裙子？有希在內心吐槽。她自己穿的是看似牛仔褲的防割布料長褲以及相同布料的牛仔外套。相較於有希重視輕便的服裝，「闇」的穿著確實不適合戰鬥。

只不過有希不是在擔心敵人「闇」，是對於打扮得比自己可愛的她感到嫉妒，進而結晶為反感的形式罷了。

即使心懷這種不看時間與場合，某方面來說很悠哉的雜念，有希的身體依然毫無窒礙行動。

往停車場出入口的反方向跑。
受到不明的危機感襲擊，有希維持速度直角轉彎。
穿梭在停放的車輛縫隙之間，縱身跳躍。
跑上水泥圍牆，站在上方。有希在圍牆上跑到停車場角落，跳到民宅屋頂。

◇◇◇

有希是在文彌他們的包圍網即將完成時採取行動。
「被發現了？」
「不會吧？」
黑川反射性地回應文彌這句話。
但黑川也憑著直覺得知，榛有希下車不是為了襲擊達也，是為了逃離包圍。
「把車子停在停車場旁邊！」
「收到。」
載著文彌的房車，至今一直在咖啡廳所在的區塊繞圈。剛好來到通往店家前面的道路時，目擊有希下車。

文彌在車輛停止的同時從後座衝下車。他戴的大護目鏡不只是進一步隱藏扮裝過的臉，同時也是顯示感應器反應訊號或資料鏈所傳送情報的AR螢幕。但是不需要機械輔助，文彌只以零星照明就清楚捕捉到有希的身影。

停放的車輛成為妨礙，無法使用武裝演算裝置。

文彌使用剛改造過的CAD要使用直結痛楚。

然而——

（唔，錯過時機了！）

瞄準完畢的時候，有希突然直角轉彎。

她肯定不是魔法師，大概是以直覺嗅到緊急的危機吧。

加上照明剛好中斷的不利條件，文彌的雙眼追丟有希。

但他的意識掌握對方的去向。

文彌按下CAD的開關。

不過在展開啟動式到發動魔法的零點一秒延遲，使得文彌追丟瞄準的目標。

（還以為直接上場就能順利，是我想得太美嗎？）

他在傍晚才收到改造完畢的CAD，比預定慢了半天。

因此，沒能訓練自己將改造後的CAD使用到熟練的程度。

他現在就像是對方甩頭想躲開拳頭時改為刺拳攻擊，以這種感覺使出直結痛楚。

在揮拳的時間點按下ＣＡＤ開關。

然而啟動式的展開、讀取、魔法式的建構等等，魔法發動程序所需的時間，比揮出一記刺拳的時間長了一點點。

文彌以往不曾為魔法的發動速度所苦。不曾因為發動所需的時間延遲導致魔法失敗。

利用拳擊感覺的構想或許正確。但是正如他本人的認知，出任務到一半，突然就在正式上場時嘗試這種做法，這也想得太美了。

「大小姐！」

黑川打開副駕駛座車窗大喊。

「你開車去追！叫其他人追蹤我的訊號！」

即使在這種時候，文彌也沒忘記配合展現配合扮裝的演技，對黑川下達指示——說不定他不知不覺完全融入這個角色。

接著，文彌自己朝路面一蹬，飛上夜空。

他搭配「跳躍」與「自我加速」的魔法，開始獨自追捕有希。

◇◇◇

依照預定，有希打算配合對方追過來的速度逃跑。因為依照社長給的作戰第二方案，她不可以徹底甩掉「闇」逃走。

正如預料，追有希的對手是那名少女。但有希逃跑時沒放水。

她將「身體強化」發揮到極限，以最高速飛奔而去。

要是沒這麼做，就會被追上。

剛開始想一邊斷續讓對方看見身影一邊逃，但她很快就打消念頭。因為她露出身影的瞬間就受到近乎絕望的危機感襲擊。

有希一直避開闇的視線行動。她有自信不會被看見。如果在短短幾秒的時間被對方視認，自己大概已經倒下了。她有這樣的預感。

即使如此，闇依然毫不猶豫跟在她身後。

雖然緩慢，卻逐漸拉近距離。

有希承受著毛骨悚然的壓力，拚命跑向作戰所指示的大樓。

◇ ◇ ◇

文彌剛開始打算一邊追有希，一邊以直結痛楚狙擊。

但有希巧妙利用散落在街上的障礙物，讓文彌無法視認她。

追蹤時只要沿著她殘留的想子（大概是伴隨身體強化出現的）就好，所以不會追丟去向。但如果以字面上的意思來說，文彌一開始就追丟有希。

打開護目鏡擴展視野範圍的想法瞬間掠過意識。但文彌戴的護目鏡在隱藏長相的同時也盡到夾住假髮的職責。今晚他以護目鏡有固定帶為理由減少假髮的扣具。要是取下護目鏡，在動作激烈的時候，假髮會有脫落的危險。

文彌決定先專心捕捉有希的身影。攻擊是之後的事，總之要接近到肉眼看得見的距離，接下來再制服她。

若是單純比速度，使用「身體強化」奔馳的有希，比「跳躍」與「自我加速」併用的文彌還快。有希身體強化的水準就是這麼高。

但有希是一邊隱藏身影一邊逃。

無法筆直前進。

因此，文彌確實朝著有希的背後接近。

然後文彌終於將有希逼入四下無人的商業大樓。

圍繞建地的圍欄掛著預定施工的看板。看起來沒有店家進駐，大概是已經為了改建退租吧。

文彌要踏入大樓時停下腳步。他猶豫是否要等支援抵達。

但是有希逃進大樓之後，文彌就追不到她的氣息了。殘留想子也在大樓門廳中斷。推測是解除身體強化，使用了隱身技術。

她應該不是毫無計畫跑進這裡，肯定是朝著這棟大樓逃過來。既然這樣，應該認定她在這裡準備了成功逃離的手段。

文彌如此推理之後，跨越了躊躇。

文彌從纏在裙底的腿掛帶取出袖珍手槍的武裝演算裝置握在右手，左手架起附指虎的刀子，入侵還幾乎沒有損傷的廢棄大樓。

文彌將有希「逼趕進去」的大樓是五層樓高，原本好像是成衣店家進駐。一樓的商品與電子看板全部撤離，不過非數位式的內裝依然維持原樣。

視野比想像的差。

文彌大概是精神干涉系魔法的天分出色，先天對於靈子與想子的感受性很高。但是嚴謹辨別不同靈子與想子的技術還不成熟。

現代魔法傾向於著重改寫事象，不把知覺能力的提升視為優先課題。黑羽家負責諜報，因此比起一般的魔法師，也會將時間用在提升知覺能力，不過說起來無論是技術體系或訓練體系，相較於主動改寫事象的魔法，知覺領域的發展處於停滯階段。

大樓裡的照明都已拆除，而且一樓幾乎沒有窗戶。光是從門廳稍微往深處就伸手不見五指。

文彌開啟護目鏡的夜視功能。眼前浮現單色的景象。不是單純增幅光量，是將監視器捕捉到的影像以ＡＲ系統重疊在視野。文彌也確實看得見現實的暗處。

他一邊以AR影像避開障礙物，一邊凝神注視想子光。靈子光比想子光難以用隱形術掩飾。但是靈子光不像想子光那麼清晰。雖說對於靈子的感受性很強，但身為魔法師的文彌還是比較熟悉想子。

文彌走到一樓最深處，在階梯前方停下腳步。通往地下的階梯以鏈條封鎖，反觀通往二樓的階梯什麼都沒有。

階梯連灰塵都沒堆積。

明顯有問題。

但是沒有在這裡停下腳步的選項。不，其實也應該考慮在這裡回頭，但文彌的意識沒浮現這個方案。

上二樓的方法是走這條階梯，或是沒運作的手扶梯。

容易在機械方面動手腳的電梯不考慮。

打掃乾淨以免留下腳印的階梯。

十之八九是陷阱吧。

文彌明知如此卻踏出腳步，不知道是因為年輕，還是因為他也是男生。

只是他在上樓的同時沒有疏於警戒。聞得到陷阱的味道，所以當然會小心。

大概是因為這個可能性位於腦中，才察覺到來自頭頂的偷襲。

毫無氣息。

連想子波動都完全隱藏。

只不過，空氣動了。在無風的室內動了。

往側邊跳的文彌，左手竄過一陣鋒利的觸感。耐割纖維編織的毛衣出現一條線。雖然勉強沒割破，但要是相同部位再度被割應該承受不住。

文彌在牆壁前方停下腳步，武裝演算裝置的槍口指向自己剛才站的場所。

但是那裡沒有任何人。

他之所以蹲下，完全是憑直覺。

塗黑的利刃貫穿文彌脖子剛才所在的位置。

文彌主動從階梯滾落。

一邊翻滾，一邊拉起武裝演算裝置的擊錘。

這個演算裝置的擊錘是展開啟動式的開關，扳機是幌子。

扳機唯一的功能是讓擊錘型的開關回到原位，文彌將其當成自己發動魔法的暗號。

他翻滾到階梯中段起身，扣下武裝演算裝置的扳機。

以魔法射出的短針，無視於重力與空氣阻力筆直飛行。但是這個魔法沒有追蹤功能。

一身黑衣，也以黑色套頭面罩隱藏長相的男性，以幾乎讓人誤以為消失的迅速動作躲開針。文彌在這個階段才終於認知到對方不是有希，是又高又瘦的男性。

但是在他以為視認對方的下一瞬間，男性的身影溶入黑暗。

文彌的護目鏡顯示警告。

他依照箭頭指示舉起左手的刀。

不是刀身，是手套手背暗藏的防彈金屬片遭受衝擊。

對方的武器不是小刀，是刀刃長約三十公分的小太刀。

要不是附有指虎，這股衝擊大概已經打落文彌的刀子。

對方衝下階梯揮出這一刀的力道，使得文彌踉蹌。

撞上牆壁，雙腳跪地。

武裝演算裝置從文彌的右手滑落。

他沒撿起武裝演算裝置，而是扯下無袖連身裙的裝飾鈕扣。

就這麼跪著扔出鈕扣。

耀眼的光輝撕裂黑暗。

裝飾鈕扣是偽裝過的超小型閃光彈。

黑衣男畏縮了。

從文彌意識藏身至今的男性身影，浮現在他的視野。

文彌迅速起身，握著刀的左手拇指按下手套食指暗藏的開關。

直結痛楚的啟動式由ＣＡＤ輸出。

魔法式經過瞬間的延遲建構完成。

文彌像是使出刺拳般伸直左手。

這次時間點一致了。

男性口中發出哀號。

他發出像是受傷野獸般的叫聲滾落階梯。襲擊大腿根部的劇痛令他站不起來。

文彌再度伸直左手。

男性的咆哮中斷。

超過容許極限的劇痛，使得肉體阻斷意識。

文彌鬆一口氣，整理裙襬。

此時，他看見扯掉裝飾鈕扣的痕跡。

文彌默默露出苦笑。

那顆裝飾鈕扣，是文彌父親以古老小說為靈感要他製作的機關。

這是少年小說看太多了。文彌原本對這樣的父親傻眼，不過今後就換個想法吧。他只在**一瞬間**這麼想。

文彌撿起武裝演算裝置，重新邁步上樓。

◇◇◇

躲在空租商大樓二樓的有希，感應到同僚和「闇」進入交戰狀態。

有希悄悄前往逃離路線。

今晚的她就此下台一鞠躬。依照作戰，接下來會由底牌不為人知的其他社員解決「闇」。

有希的腳步之所以沉重，不只是因為將任務硬塞給同僚感到愧疚。

「闇」不是外行人。大概和他們一樣是黑暗社會的居民。

不過「闇」與司波達也都不是「無法以法律制裁的壞人」。

本來不是有希該殺的對象。

和她交戰的原因，在於司波達也看見有希殺人的現場。

因為偶然，不，因為無辜被牽連，司波達也與「闇」會被殺。

為了幫有希保身，組織會奪走那兩人的性命。

——既然這樣，至少由我親自下手。

這是有希懷抱的芥蒂。

殺人是罪過。

不是法律這麼規定，無須以道理解釋，殺人是犯罪行為。有希如此認為。不，如此感覺。

並沒有因為犯罪而感受到悖德的喜悅。

只是，她學會殺人了。奪走太多人命了。

事到如今還要賴說不想殺人，是不是太稱心如意了？有希也有這種感覺。

——那麼，即使是自我滿足，至少要有個可以接受的理由。

——如果自己不能接受，更不該硬塞給別人。

像這樣心想的有希，大概比她自己想像的還要純真，在自己沒察覺的地方為罪惡感所苦吧。

有希不只理解，也接受了。「闇」非殺不可。

不過既然這樣，她想親手殺掉。

這是有希的真心話。

不過，「闇」已經交給同僚解決。

這是社長的決定。

有希不會因為這種事違抗社長的意向。

沒能**以自己的手刻下罪過**，殺害**對自己來說**不是罪犯的少女。對此感到牽掛的有希離開租商大樓。

◇　◇　◇

文彌已經絲毫不認為自己的入侵沒被察覺。

剛才高調大鬧到那種程度。閃光彈的光應該樓上也看得見，那名男性發出的哀號也會響遍這棟冷清的大樓吧。如果沒能早點找到有希，就得檢討是否要先出去和黑羽的部屬會合。

文彌一邊在二樓探索一邊這麼想。

只不過這個判斷有點為時已晚。

文彌覺得不對勁，停下腳步。

這棟是服裝店的租商大樓。考慮到這一點，這東西在這裡也不奇怪。

但是在其他店舖全部撤退的現狀，這幅光景太奇怪了。

二樓和一樓不同，樓層深處是一個有大窗戶的餐飲區。

窗外射入的光，讓看似正常的奇妙光景浮現。

輕易想像得到曾經是男士服裝店的賣場，掛著西裝與外套。掛在衣架上，整齊排成三列。

他停下腳步，給了敵人機會。

響起「咻」一聲像是輕輕吐氣的聲音。

文彌察覺聲音時，小小的針已經刺在他的脖子。比文彌武裝演算裝置使用的針還短，裝著圓錐形的導流片。

是吹箭。

文彌在蹲下的同時放開左手的刀，操作右手的ＣＡＤ。

反物資護盾沿著他的身體形成。

接著以左手拔出刺中毛衣脖子部位的吹箭。

吹箭前端沒沾血。他在高領毛衣底下戴了皮帶形狀的寬頸鍊，用來保護要害之一的頸部。敵人的吹箭剛好被頸鍊擋下。

這是敵人精確瞄準造成的偶然。

文彌一邊感謝敵人的好本事，一邊尋找對方的位置。

「熱源探測。」

文彌以即使在這股寂靜之中也只有自己聽得到的音量低語。

護目鏡的視野多了一層熱像圖。

即使穿著阻絕體熱的隱形套裝，只要使用吹箭就會露出嘴巴。

呼出的氣息無法在體內冷卻。

正如推測，敵人位置顯現出來了。躲在掛外套的衣架後面。

文彌啟動武裝演算裝置，槍口瞄準之後扣下扳機。

外套的布料擋不住以移動魔法射出的針。即使再厚甚至是以防彈纖維織成也一樣。

不過，武裝演算裝置的針只貫穿外套就消失在樓層深處。

這次是另一個角度射來手裏劍。不是飛刀，是傳統的棒狀手裏劍。

手裏劍無須以防割纖維的連身裙防禦，就被反物資護盾捕捉落下。不是反彈，是失去動能掉在文彌腳邊。

文彌一個轉身看見敵人身影。這次不只是熱源的ＡＲ影像，敵人全身都曝光。

文彌再度以武裝演算裝置瞄準射針。

對方在這個距離躲不掉。

針肯定命中敵人——可惜是錯覺。

該處沒有敵人的身影，只有纏住針的西裝上衣落地。

（空蟬嗎？）

文彌沒被這個現象迷惑。他知道這個忍術。

空蟬之術。

雖然是忍術，但現在的**這個空蟬**不是古式魔法。是魔術。

瞬間移動的魔法不存在。同樣的，兩個物體**跨越空間**互換位置的魔法也不存在。

空蟬之術有兩種。

一種是幻術。在身上衣服套上自己的幻影，抓準時機移動的技術。

另一種純粹是以雙手與身體動作迅速脫掉衣服，或是攤開預先準備的衣服，在極短時間移動的技術。

這兩種技術，黑羽家都有人會用。其實黑川也是魔術型空蟬的高手。

文彌衝到隔間後方尋求掩蔽。

維持蹲姿掀起自己的裙子，將武裝演算裝置收回大腿所綁的腿掛帶。

這個狀況，以及對手的實力。

已經不能悠哉說出隱藏底牌這種話了。

文彌捲起毛衣右袖，露出ＣＡＤ。這是為了讓操作更迅速。

重新架好反物資護盾，呼叫攻擊用魔法的啟動式。

文彌從隔間後方衝出來。

緊接著，這次射來的是短箭。大概是攜帶式十字弓吧。文彌沒閃躲，使出建構完畢的魔法。

反物資護盾擋住箭，使其落下。

透明空氣刃「飛空刃」四處狂舞，撕裂掛在樓層衣架上的西裝與外套。

文彌使用的「飛空刃」是壓縮空氣彈的變化型。將空氣塊壓縮成薄片高速發射。

同樣是射出空氣刃的術式，還有一種叫做「熱風刃」的魔法，不過差異在於「熱風刃」是直接將壓縮高溫化的空氣刃射出去，「飛空刃」則是不加熱，將省下來的能量轉換為發射速度。

文彌在這裡不是使用「熱風刃」而是「飛空刃」的原因，是要防止失火。相對以高速霰射出去的極薄空氣塊，將遮蔽視野的西裝與外套砍下，深深割傷架著十字弓的敵人身體。

男性流出大量鮮血倒地。

恐怕是致命傷，但文彌沒有被後悔囚禁而愣在原地。

當然也沒因為出血與內臟外漏而嘔吐。

對於殺人，他會在道德層面限制自己，卻沒有生理上的排斥感。

多虧如此，這次他沒中暗招。

倒地男性的身體爆炸了。

是自爆。

爆炸本身的威力不大。大概是敵人想在文彌靠近確認是否死亡時，給予最後的反擊吧。

然而不只如此。

這個爆炸導致火星噴散到室內。這是對熱源探測的干擾，也有阻礙夜視系統的效果。

接下來的敵人間不容髮襲擊過來。而且不是一人。七名暗殺者聯手進攻。

利刃從背後朝著脖子砍來。反物資護盾效果還在，但文彌沒有故意硬接。

他撲向地面，左手從裙底抽出預備的刀子。褲襪包裹的大腿露出一半以上，但是在戰鬥時沒什麼好害羞的。

文彌翻滾一圈，將刀子換到右手，擋住另一個敵人的攻擊。

對方用的不是刀，是手甲鉤。又長又銳利的鐵爪。表面大概塗了毒，水珠順著互擊的力道濺到文彌臉上。保護肌膚不被藥物侵蝕的粉膏稍微溶化，但是沒傷害到真正的表皮。

文彌就這麼讓刀子與手甲鉤繼續互抵較勁，啟動左手的ＣＡＤ。

發動「直結痛楚」。

雖說只是武器相互接觸，但是在這個狀態不會失準。

文彌面前的敵人放聲慘叫，按著腹部滾倒在地。

其餘的敵人一陣慌張。

這使得他們的攻擊更加激烈。

手裏劍與飛鏢交相射來，附重錘的鎖鏈試著剝奪文彌的自由。不只是短刀或小刀，也有敵人是以附帶電擊功能的劍砍過來。沒有敵人用槍，大概是擔心在陰暗的室內打中自己人或是跳彈亂竄吧。

默契十足的打帶跑波狀攻擊，使得文彌忙於使用防禦魔法，沒機會使用直結痛楚。招架不住敵方的連環攻勢，文彌逐漸被逼到樓層深處。

不過，他並不是毫無勝算就孤軍奮戰。

其中一個敵人突然站著不動。他詫異看向自己的手臂，接著發出內臟被擠出來般的哀號，失去力氣倒地。

剩下六人的敵方之中，半數的三人看向階梯。

位於那裡的是相同人數的黑衣人。

黑衣人和暗殺者互瞪。

文彌的對手減少三人。

他沒放過這個機會。

趁著攻擊密度降低，後退到桌椅都清空的前餐飲區。

來到可以一次視認所有殺手的位置。

文彌在這裡表演空氣拳擊。

三連續的刺拳。對於跑向文彌的三名殺手，這招完全沒造成物理傷害，只給予失去理性的劇痛。

三名黑衣人同時投擲飛鏢。

剛才和他們互瞪的殺手們輕易躲開。

他們在躲開之後的位置同時向後仰。

一人一把，合計三把。

刀子插在殺手的背上。三把刀子都命中要害。

六名殺手好巧不巧同時倒下。

文彌呼出一大口氣，解除戰鬥態勢，看向不知何時繞到殺手背後的黑川，以及站在他身旁的兩名黑衣人。

剛才在階梯前方的三人上樓，偵查是否還有伏兵。

「謝謝。你們幫了大忙。」

文彌微笑對黑川等三人這麼說。

「大小姐，不敢當。」

黑川右邊的黑衣人綻放笑容（從文彌表面的性別來看，應該形容為「神魂顛倒的表情」吧）回應文彌的謝辭。

「黑川。」

文彌以正經表情向黑川搭話。

「有。」

黑川的表情像是已經猜到文彌要說什麼。

「榛有希去了哪裡？」

「抱歉，追丟了。」

文彌嘆了口氣。

「……這也沒辦法。這次放她逃走，我也是同罪。」

但文彌沒要責備黑川。

「如果沒有其他伏兵，就去亞貿社。」

相對的，文彌下令將預定計畫提前。

「大小姐，這……」

黑川當然面有難色。

「亞貿社的實戰部隊共三十六人，我們已經打倒其中九人。加上直到昨天打倒的人數是十一人。實戰部隊裡應該也有不適合直接戰鬥的暗殺者，他們也不是所有人都在事務所大樓待命吧。黑川，不覺得這是機會嗎？」

「……您說得是。」

但黑川不得不承認文彌的判斷合理。

◇ ◇ ◇

和文彌被引入的大樓距離約兩百公尺的中層公寓。一名女性躲在公寓樓頂。

她的識別代號是「Jane」。亞貿社的殺手。和有希並列為負責血腥任務的女暗殺者。只不過擅長的技術成為對比。相對於有希使用刀子的近戰風格，「Jane」是狙擊手。她的風格是使用消音步槍的狙擊。

從她身處的場所看過去，租商大樓的餐飲區位於正前方。「Jane」窺視的瞄準鏡浮現嬌小的人型熱源。這是可以隔著窗戶玻璃探測熱源的特製瞄準鏡。

子彈已經上膛。再來只需要扣下扳機。

（……一槍解決。）

使用九名暗殺者同伴當誘餌的狙擊任務。目標是識別代號「闇」的少女。

「Jane」知道目標完全解除警戒。在這個狀況，即使對方是最強的魔法師十師族，也能以她的子彈解決——

狀況發生在「Jane」正要使力扣扳機的一瞬間。

她窺視的瞄準鏡突然從步槍脫落。

不只是瞄準鏡。封鎖膛室的槍機掉落。

可拆式彈匣脫落。

槍管彈開。

狙擊槍瞬間解體。

「怎……怎麼了？」

「Jane」還沒受到打擊就先愣住了。

莫名其妙。

這四個字占據她的意識。

她就這麼無法理解發生什麼事，在下一瞬間失去形體。

輪廓變得模糊。

化為煙霧。

從這個世界消滅。

留在公寓樓頂的是分解的狙擊槍零件。

階梯間通往樓頂的門緊閉著。站在門後的是司波達也。

◇◇◇

沒到公司露面直接回家的有希，在時間即將換日的時候接到搭檔鱷塚的電話。

「……啊？」

然後她懷疑自己聽錯。

「你說什麼？」

有希不由得這麼反問。不是電話聲音很難聽不清楚，是她的意識抗拒鱷塚的話語。

『公司被襲擊了。執行董事與常務董事受重傷，社長被抓走的樣子。』

聽完第二次，有希終於理解鱷塚的話語。

「真的？」

『嗯。』

「到底是哪裡的誰？」

有希激動不是鍾愛公司的心態使然。

人類遭遇超過限度的不講理，就會憤怒或絕望。

『是身穿黑西裝，大約十人的集團。』

「區區十人？你是做了什麼夢嗎？」

鱷塚也能理解有希想這麼說的心情。所以他能忽略有希懷疑他的這番話。

反正她接下來會更大聲叫喊。

『據說其中有一名用護目鏡遮住臉的鮑伯頭少女。』

「原來是那傢伙！」

正如鱷塚的預料，有希放聲大喊。

「是闇抓走社長嗎？」

『從狀況來看，應該是這樣吧。』

鱷塚以平淡語氣回答有希的疑問。他並不是沒受到打擊。是這份震撼超過容許極限，暫時沖淡情緒。

「Kid他們怎麼了？Jane失手了嗎？」

這裡說的「Kid」是在階梯襲擊「闇」的隱身高手。「Jane」是受命執行作戰最終階段的狙擊手。

『包含Jane在內，今晚的作戰成員如今都聯絡不上的樣子。』

「失敗了嗎……」

『恐怕是。』

有希就這麼握著話筒語塞。

沉默數了十秒。

『Nut，今後怎麼辦？』

鱷塚反過來詢問有希。

「什麼怎麼辦……」

『只有社長在政治家面前吃得開。失去社長，這份工作沒辦法繼續。』

「…………」

『亞貿社實質上毀滅了。』

「……說得也是。」

『那麼Nut，明天之後怎麼辦？』

這是鱷塚以搭檔身分詢問今後的去向。

要是沒了社長，確實無法繼續在亞貿社旗下當殺手。有希多少有點積蓄所以不會立刻挨餓，不過比起經濟上的擔憂，確保生命安全才是重要課題。

亞貿社這個組織的招牌以及社長兩角擁有的政治人脈，在某種程度保障他們的身家至今。

加入組織也會受到許多束縛，不過光是背後有許多同伴，就能牽制其他的罪犯或犯罪組織。不只如此，在罪犯最大的威脅——也就是警察面前，和政治家的交情會成為強力的盾牌。

「搶回社長……應該不可能吧。」

『我是這麼認為的。』

「如你所說，亞貿社少了社長應該維持不下去吧。」

『嗯。』

「……要遠走高飛嗎？」

『就算要逃到國外，也還是得賺伙食費喔。』

「我能做的工作只有一種吧？」

『要這樣嗎？』

有希說她能做的工作只有當殺手。
鱷塚詢問這樣的她今後是否要繼續當殺手。
他知道有希其實不願意殺人。
「——嗯。」
但是有希回答要繼續當暗殺者——繼續為錢殺人。
『知道了。關於新雇主，我有口袋名單。』
「又要進組織嗎？」
『也可以自由接案喔。』
「不……還是當部下吧。」
大概是察覺有希的內心的糾葛，鱷塚沒有回話。
『一週後應該可以出航。』
「交給你了。不過……」
『Nut？』
鱷塚的聲音帶著疑惑。
有希以高傲語氣回答。
「得做個了斷才行。」

鱷塚立刻想到有希說的「了斷」是什麼。

但他沒對有希說什麼。他沒有出言阻止，相對的，也沒有出言打氣。

# 〔11〕

四月中的星期五。

這天天亮前就在下雨。雨不大，卻也不是不必撐傘的程度。

在這樣的小雨中，司波達也穿著沾滿泥巴的運動服跑步。在柏油路面摔倒也不會變成這樣。雖說是泥巴，卻不是泥土那種土質，感覺是潮溼的沙子陷入纖維縫隙。

他結束每天早晨的訓練正在返家。全身任憑雨水淋溼高速奔跑。速度匹敵正常行駛的汽車。雙腳輪流踏出的速度不在話下，更重要的是每踏出一步的距離長到異常，造就不下汽車的速度。他的每一步長達八公尺。

因為是清晨，所以幾乎沒人影。不對，目前除了達也完全沒其他人。時間很早是原因之一，但更重要的肯定是沒有怪胎會在這種天氣晨跑，也沒有雅士賞雨散步。

回程路途消化三分之二的時候，達也久違遇見自己以外的人。離開修行場所九重寺至今首次遇見。

這個人影是嬌小的少女。比他國三的妹妹還矮。看起來大概一五〇公分上下。高領無扣長袖上衣、前開式背心、迷你裙、內搭褲以及高筒球鞋。雖然身材苗條，但達也一眼就看出她具備一反外表的強韌。

最重要的是，她束起長髮，將髮帶當成頭帶綁在額頭的那張臉蛋，達也有印象。

是上週三晚上在澀谷看見的少女暗殺者。

達也停下腳步。距離五公尺。交談的話有點遠，但如果是達也，往前踏一步就可以進入攻擊間距——對於少女來說恐怕也一樣。

「司波達也。」

殺手少女開口了。

「我姓榛（hashibami），名叫有希（Yuki）。」

她以姓名稱呼達也之後，告知自己的姓名。

「榛有希？」

達也疑惑地複誦她的姓名。改變音調沒停頓就說完。

「沒錯。」

有希解釋為這證明了對方意識到她這個人。

「我來做個了斷！」

有希以高昂的聲音告知，同時左手抽出藏在腰後的刀子。

「今天休想逃走。因為我知道你家在哪裡！」

達也雙眼稍微瞇細。他的身體開始釋放冰冷的鬥氣。

少年的氣息突然改變。面對像是令人打顫的鬥氣，有希不禁畏縮。

她鞭策這樣的自己。在這裡臨陣退縮太丟臉了。

（我不是來當小丑的。對吧？）

這名少年——司波達也不是普通人，有希從一開始就知道這種事。不會因為稍微被嚇唬就夾著尾巴逃走。

有希對自己這麼說，硬是振奮鬥志。

她朝著沉在意識水底的異能之門伸手，使盡全力拉開。

有希的四肢、全身都充滿力量。

她相信自己的「實力」，正面挑戰達也。

鱷塚反對這個做法。他阻止有希，勸有希至少應該偷襲。

但有希確信一件事。

——偷襲對司波達也不管用。

沒有根據。但她知道。她的直覺告訴她，為了活下去，正面一決勝負是最好的方法。

有希往前衝。
五公尺的距離，以她強化的腿力一蹴可及。
刀子往前刺。單純依賴速度的一招。
有希的左手竄過犀利的痛楚。
認知刀子脫手之後，才察覺手腕被手刀打中。
明明是透過身體強化，快到連職業拳擊手都遠遠跟不上的突刺，達也卻以劍道的「小手」精準破解。
如同鋼刃插入的痛楚。
有希之所以撐得住，是因為她早就預測這個結果。
不是逞強。證據是她不知何時握在右手的袖珍手槍槍口按著達也的側腹。
有希扣下扳機。
「什麼？」
有希打從心底發出驚愕的聲音。
子彈打中民宅牆壁反彈。
達也毫髮無傷。
他的左手撥開有希的右手，袖珍手槍的槍口偏移了。

偷襲對司波達也不管用。

她自己就這麼認為，卻完全沒料到是以這種形式證明。
不由得怯懦的有希，身體被打上天空。
達也的膝蓋毫不留情頂向有希的腹部。
有希四腳朝天摔在溼透的路面。
劇烈的衝擊導致呼吸停止。有希拚命拉住想逃向虛無的意識，無視於痛楚起身。
司波達也站在踢飛她的場所。
有希不管三七二十一舉起右手，扣下第二槍的扳機。
達也的左手不知何時闖入射線，有希沒看見。
左手在槍響的同時握上。
緊握的時間是一瞬間。鬆開的手指縫隙落下某種粉末。
「不會……吧……」
有希甚至忘記站起來，愕然低語。
我在作夢嗎？有希如此懷疑。

如果這是夢，那就是再壞也不過的惡夢。

子彈確實發射了。反作用力留在有希的右手。

司波達也站的位置依然沒變。身體沒擺動或往後仰。就只是將左手舉到射線上。

「抓住……子彈……？」

忽然間，有希被發笑的症狀襲擊。

簡直是漫畫。不，這時代連漫畫都不會畫這種題材。簡直是上個世紀的美式漫畫。

她位於不講理的正中央。

有希也知道魔法是現實的技術。應該比一般市民清楚。基於工作性質，她也對付過魔法師，也近距離看過魔法。

但是，不曾留下如此不講理的記憶。

有希認為這種東西不是魔法。不是存在於現實的魔法。

如果不是漫畫，就是童話。

存在於現實的魔法，是人類使用的技術。她知道魔法師也不過是人類。

人類的肉體有極限。因為有極限，所以她才能勝過敵對的魔法師。

然而雖說是低速彈，人類也不可能空手抓子彈。身體強化發揮到最強的有希也做不到。

「從槍口看出射線沒那麼難。」

達也回答有希的疑問。

比起想法被看透的打擊，對這句內容的反駁——應該說反感，在有希心中更勝一籌。

「你睡昏頭了嗎？子彈並不是從槍口筆直發射啊！每把槍都有自己的特性。而且子彈軌道會被重力往下拉，會因為自轉的氣流而彎曲。看槍口方向只知道大致的軌道！」

「在這個距離，些許的誤差可以忽略。」

「你不是連手套都沒戴嗎？空手接子彈太奇怪了吧！」

達也冷笑回應有希的抗議。

感覺心臟像是被這張笑容緊緊抓住，這份恐懼使得有希連忙起身。

站起來之後，她對於剛才以跌坐姿勢悠哉對話的自己感到難以置信。

有希扔掉袖珍手槍。有預備的子彈，但她不認為派得上用場。

有希從綁在大腿的皮帶抽出刀子。她故意大幅掀起迷你裙，達也卻沒產生破綻，沉穩的舉止使她覺得耍這種奸詐伎倆的自己很蠢。

只不過，以有希現在的精神狀態，也已經不會感到害羞了。

有希默默襲擊達也。

即將接觸達也的時候直角側踏，單腳跳到半空中射出刀子。

側身降落在圍牆，同時拿出新的刀子跳躍。

一邊跳過達也頭頂，一邊錯開時間投擲兩把刀子。

有希投擲的刀子，達也全部輕鬆躲開。

有希在著地的同時，沿著剛才的軌道逆向移動。不是慣性中和使然，是以強化的肌力硬是停住身體再跳躍。

有希在空中扭身使出右迴旋踢。

如果是普通的踢腿，距離對方太遠了。

有希穿的球鞋前端露出銳利的刀尖。

達也以左手抓住有希的右腳踝。

有希的身體急速停止。但她沒感受到反作用力。

不知道有希是否理解這是慣性控制造成的。

達也右腳往上抬。

他垂直踢向位置高於自己頭部的有希身軀。

有希的身體折成「く」字形。

這股衝擊差點令她昏迷。

她甚至沒有餘力在空中調整姿勢，摔向路面。

但是沒有就這麼落地。

她在墜落的途中又挨了達也一腳。

軌道從下墜變成側飛。她畫出弧線摔倒在路面翻滾。

有希痛苦咳嗽，雙手撐地起身。

她察覺剛才那一腳與其說是「踢」，應該說是「推」。

剛才要是直接落下，頭部會重摔在地。達也以第二腳調整為從腰部落地。

「這是……什麼……意思……」

有希受到的打擊嚴重到連正常出聲都很難。

但她一邊咳嗽，一邊擠出這個問題。

「妳站不起來了。」

達也以甚至感覺不到些許情緒波動的聲音回答。

有希咬緊牙關。

剛才確實免於從頭部落地。但是相對的，腰部受到重創。即使是以異能強化的身體也暫時站不起來。

「榛有希嗎……」（註：只比「司波深雪」的日文「Shibamiyuki」前面多一個「Ha」音。）

達也說出有希的姓名。

有希不明就裡，眨了眨眼。

「再也不准出現在我面前。」
突然來襲的沉重壓力使她停止眨眼。
不只是眨眼，臉上與身上的肌肉停止了。連心臟的肌肉也確實在瞬間停止。
「下次會消除。」
不是殺掉，是消除。
有希直覺理解這是正如字面所說的意思。
達也繼續慢跑。
有希目送他的背影，後知後覺發現達也剛才連一步都沒移動。
最後，達也的身影從有希的視野消失。留在原地的只有她扔掉的手槍，被打落的刀子，以及依然站不起來的有希自己。
「……這個怪物……」
有希以顫抖的聲音低語，放鬆手臂的力氣。
她把頭貼在道路上。
溼透路面的冰涼觸感讓臉頰好舒服。

◇ ◇ ◇

「趕上了嗎……」

達也慢跑離去約五分鐘後。

文彌看見倒在路面的有希，輕撫胸口鬆了口氣。

「是闇嗎……」

有希從趴著的狀態翻身仰躺，看向文彌。

「不對，這不算是趕上的狀態。」

文彌苦笑訂正自己的發言。

「是啊。」

有希也就這麼躺著苦笑回應。

「Nut，妳受傷了嗎？」

男扮女裝的文彌身後，雙手被左右架住固定的鱷塚開口問。

「Croco……什麼嘛，你也被抓了啊。」

「這不重要，妳的傷呢？」

「不必露出這麼擔心的表情。只是跌打損傷。多虧對方巧妙手下留情……」

說來神奇，有希臉上沒有懊悔。相對浮現的是近似死心的表情。

「……看來我們碰了不該碰的東西。」

「沒想到妳願意理解這一點。」

回應有希這句嘆息的是文彌。

「不過，來不及了。」

文彌說著轉過身去。

收到他的暗號，兩名黑衣人走向有希。

從兩側扶她站起來。

有希像是被兩名黑衣人吊起來，露出虛弱卻無懼一切的笑。

「感謝幫忙。我還沒辦法自己站起來。」

她沒有特別酸言酸語，率直向文彌這麼說。

「走得動嗎？」

「就這麼帶我走吧。」

即使文彌詢問，有希也盛氣凌人地回答。

「那麼，就這麼做吧。」

文彌沒因而壞了心情。

黑衣人將有希拉向廂型車。不是鱷塚的車，是另一輛廂型車。

有希沒有抵抗。

◇　◇　◇

回神的時候，有希在沒窗戶的房間裡被綁在椅子上。

是在車上睡著了嗎？有希心想。原來自己這麼累？還是說——是被強制入睡？

她睜開雙眼約一分鐘後，一男一女打開唯一的那扇門入內。

一人是身穿黑色西裝，將近三十歲的男性。

另一人是鮑伯頭少女「闇」。

「榛有希，感覺怎麼樣？」

「不差。」

對於文彌的詢問，有希沒挖苦也沒咒罵，如此回答。從她的態度看不出反抗。

「彼此不是閒話家常的交情，我就趕快說下去吧。」

「麻煩這麼做。這樣我也比較感謝。如果能順便解開這條繩子，我會更感謝。」

「事情說完就會解開喔。因為妳應該也沒有抵抗的意思。」
這句話耐人尋味，但有希沒急著要求答案。
闇——文彌說他會說明。即使有希沒問，也會立刻得到答案。
「首先，亞貿社納入我們的旗下了。」
「……社長投降了嗎？」
「嗯。表明我們的真實身分之後，他立刻服從了。」
「……你們是什麼人……？」
有希腦中響起警報聲。她的直覺大聲嚷嚷說不可以問這個問題。
但是如今阻止也沒用。因為即使她不問，文彌也肯定會主動說明。
「我們是黑羽家。十師族四葉家的分家。」
「妳說……四葉……？」
有希聲音嘶啞。她知道這個名字。
表面上是代表日本的魔法師一族，十師族的一角。
對於有希他們黑暗社會的人來說則是「不可侵犯的禁忌」。不容冒犯的禁域。一旦碰觸就會回以毀滅災難的惡魔。甚至不知道其真面目或是擁有的力量，恐懼到迷信的程度。
「看來妳知道，太好了。好啦，亞貿社收入黑羽家的旗下了。榛有希，我們要求妳也服從我們。」

「……我別無選擇吧？」

「沒那回事喔。」

文彌以嬌憐少女的臉蛋甜甜一笑。

「妳可以選擇不服從我們。不過當妳做出這個選擇，就要請妳失去記憶。」

有希目不轉睛注視文彌的臉。

文彌臉上掛著笑容。但是這張笑容並不是在開玩笑。

「做得到這種事嗎……？」

「做得到。當然不會因而發瘋喔，只是忘記一切而已。」

「一切？」

「是的。出生至今的記憶，全部忘記。說來可惜，現在的四葉家沒有術士能夠只消除部分記憶。」

「…………」

「語言能力、餐具的使用方式，或是住宅機器的使用方法等等，這種日常生活所需的常識會留著，請不用擔心。只有記憶會消失。」

「包括自己的名字嗎？」

「很可惜。」
「包括父母的名字嗎？還有小時候的回憶等等，全部消失？」
「很可惜。」
有希瞪著文彌的視線往下移。
「……這不算是另一個選擇。」
「是嗎？常有就是了。」
文彌不改笑容，有希對此感到寒意。
同時堅定認為「自己敵不過這些傢伙」。
不只是司波達也，這個「闇」也是怪物。
那天晚上。自從殺人現場被看見，自己就被這群怪物附身了……
「……知道了。我服從妳。」
「謝謝。妳這麼快決定真是幫了大忙。」
「不過……」
「什麼事？」
文彌深感興趣看著在這個狀況還想追加條件的有希。
「闇，我服從的是妳。不是四葉也不是黑羽。我服從妳。」

「我無法理解妳為什麼得出這個結論……」

文彌以困惑的聲音低語。

老實說，有希也不知道自己為什麼追加這種條件。

真要說的話——大概是不願意唯命是從吧。

「請等一下。」

文彌說完在房間角落取出情報終端裝置，使用語音通訊開始和某人交談。從不時偷聽到的字詞推測，有希認為她在和父親交談。

結束通話之後，文彌回到有希面前。

「獲得許可了。有希，妳將成為黑羽家所屬的戰鬥要員，但是只有我能命令妳。」

「這樣就好。」

有希不在意文彌突然直呼名字。即使是年紀比較小的「少女」，這個人今後也是自己的頂頭上司。無論是直呼名字或以綽號稱呼都沒關係。

忽然間，有希察覺自己必須確認一件事。

「話說Croco會怎麼樣？」

「Croco？啊啊，鱷塚先生是吧？他說會依照妳的判斷。」

「那麼……」

「是的。妳和鱷塚今後也是搭檔。」

文彌留下這句話之後，和至今不發一語的青年一起離開房間。

四名黑衣人取而代之入內。

他們幫有希鬆綁了。

◇◇◇

有希立誓成為文彌的部下之後，獲准回到自家公寓。

沒矇住眼睛，很乾脆地放她回來。

公寓住處繼續當成亞貿社的公司住宅。整個組織被黑羽家併吞，所以有希的生活只從表面看來完全沒變。

說到沒變，組織——亞貿社的業務也沒變。被黑羽家抓走的兩角社長一個晚上就獲釋，從隔天起一如往常勤快「跑生意」。

亞貿社是政治領域的暗殺結社。四葉家採取不積極介入政治的方針，兩者的立場相差到可以說完全相反。

占據第四研解放自己之後，四葉家就和掌權人之間的明爭暗鬥保持距離至今。

四葉家也有關係特別良好的政治家或軍人。有時候也會接政府或幕後黑手的委託，雖然沒對外公開，但也持續持有政府委託的事業。即使是非法活動，四葉家也不抗拒。

只不過，如果是非法的權力鬥爭，即使獲利再好，四葉家也不會協助。我們不和掌權人這種凡人打交道——四葉家擁有這種傲慢，就某種意義來說屬於潔癖的一面。

不過負責諜報與特務工作的分家黑羽家，大概是因為工作性質接近黑暗社會，所以這方面比本家大方。或許可以換個方式說他們比較現實。

亞貿社參與政治家暗鬥至今長達十幾年，如今成長為在權力的非法領域不容忽視的角色。要是亞貿社突然退場，很可能為了爭奪這個空缺而在黑暗社會造成混亂，應該要避免這個結果。在俗世濁流打滾的程度勝過四葉家的黑羽家足以做出這個判斷。

黑羽家以「暫且扔著不管」的形式，認可亞貿社一如往常經營暗殺業務。當然沒向警政單位通報該組織的罪行。司波達也那天晚上目擊的殺人事件，打從一開始應該就不用擔心包括達也在內的四葉家相關成員報警。

那段手忙腳亂的日子到底是怎樣？有希真的是傷透腦筋。

有希屈服於達也與文彌的隔週，星期五傍晚。黑羽家透過鱷塚叫她報到。

「……所以，這個黑羽文彌是誰？」

鱷塚開的廂型車副駕駛座上，有希在嚼著條狀羊羹的空檔，打聽叫她過去報到的人物情報。

「黑羽家的長子。」

「長子？啊啊，繼承人是嗎？」

「是的。現在是國中二年級，住在豐橋。好像是為了見妳才來東京的。」

「專程從愛知過來？真是辛苦他了。」

有希說得像是隨時都想閃人。

對方好歹是雇主的繼承人。鱷塚察覺需要叮嚀她幾句。

「有希，對方是頂頭上司的兒子。請注意自己的態度喔。」

「我的頂頭上司是闇吧？當時肯定是這麼承諾的。」

「妳說的是命令系統。現在僱用我們的是黑羽家喔。」

有希的生活表面上沒變。不過收入來源變了。她的房租由亞貿社負擔，但其他的生活費是黑羽家出錢。

「知道了知道了。」

以令人懷疑是否真正理解的語氣說完，有希看向窗外，再度嚼起個別包裝的細長羊羹。

有希被叫去的地點，是先前「無窗房間」所在的大樓。那棟建築物是高級出租公寓，有希被帶進去的房間，其實是某國大使租為官邸的房間之一。

雖說是小國，卻把大使官邸當成自家般使用的黑羽家，以及其本家四葉家的實力，有希對此不禁重新感到毛骨悚然。明明嚴格限制魔法師和外國勢力接觸才對，四葉家卻和外國大使締結對等以上的關係。

說不定該國政府也實質納入四葉家的統治。連這種**離譜**的幻想都掠過有希腦海。

這次她也被帶進無窗房間。不過房內準備了當時沒有的高級會客組。不知道是當時暫時搬出去，還是在那之後買的。

有希沒特別追問，整個人貼坐在彈性良好的沙發。

房間響起敲門聲。

和有希成為對比，只坐在沙發前緣的鱷塚，連忙起身走向房門。

之前的黑衣青年與身穿西裝式制服的少年，從鱷塚打開的門進房。

這名少年就是「黑羽文彌」吧。有希如此推測。

「有希。」

鱷塚以名字叫有希，語氣暗藏「請妳站起來」的懇求。

但是有希一臉事不關己。

少年說聲「沒關係」安撫慌張的鱷塚。
「因為我早就知道她**粗枝大葉**。」
「這樣打招呼的啊？」
有希瞪向坐在正對面的少年。
「如今早就不是在意這種事的交情吧？我們不是一度殺得你死我活嗎？」
「殺得你死我活……？」
瞪向文彌的有希視線變成疑惑。
她的記憶裡，沒有這名「少年」的臉孔。
說起來，她沒接過殺害孩子的任務。
至今殺得你死我活的對手之中，符合這個年紀的人除了司波達也，上週的那名「少女」是第一個……
「——你！難道是……闇！」
文彌悄悄笑了。這張笑容和先前以性命相搏的鮑伯頭少女一致。
「是黑羽文彌。『闇』是打扮成『那樣』時的識別代號，所以除此之外的時候，別這麼叫。」
有希只是反覆開闔嘴巴，說不出話。

（那傢伙是男的？長那樣卻是男的？比我還可愛耶！）

不知道是無法相信，還是不願相信。

有希糾結到最後，擠出一個問題。

「那個，我可以問嗎？」

「問什麼？」

「……你該不會是女扮男裝的『闇』吧？」

文彌臉色大變。

緊閉的室內，少年以尖得不確定是否已經變聲的音調，發出震耳欲聾的哀號。

就這樣，有希成功對文彌報了一箭之仇。

（司波達也暗殺計畫① 完）

# 後記

《司波達也暗殺計畫》第一集，各位覺得如何？看得愉快嗎？

或許有人是從這本書首次成為我作品的讀者，所以為求謹慎為各位說明一下，成為本系列書名的「司波達也」是《魔法科高中的劣等生》系列的主角姓名。這部《司波達也暗殺計畫》定位為《魔法科高中的劣等生》的外傳作品。

雖然姓名成為系列書名的一部分，但《司波達也暗殺計畫》的主角不是司波達也。外傳與正傳主角不同是很常見的事，不過書名的意思也不是「司波達也的暗殺計畫」而是「暗殺司波達也的計畫」，所以他沒成為主角可說是理所當然吧。本系列描寫的是企圖暗殺司波達也的人們，以及想阻止計畫的人們東奔西跑的樣子。

造訪過佐島勤官方網站（https://tsutomusato.jp/）的各位或許已經知道，本作品也在官方網站公開。本系列原本就是為了用在官方網站所寫的。坦白說，是增加官方網站來訪人數的政策性內容。

官方網站開設的目的，是要向各位公開《魔法科高中的劣等生》後續新系列作品的前導版，所以無論如何都要避免放爛忘記更新。《司波達也暗殺計畫》系列就是為了避免這個結果……那麼，是否讓各位冒出「還想看續集」的想法呢？

官方網站的刊載方式是短期集中連載。主要因為我個人的產能問題，所以可惜不會成為定期連載。不過如前面所說的理由，我自認不會長期放牛吃草。

在這裡講個小祕密。完成這本第一集之後，某人問我：「女主角是誰？」女主角……如果是原本「女性主角」的意思，我就不必猶豫。不過通俗小說定義的女主角，也就是「以女性魅力吸引讀者的主要登場角色」，在這本第一集沒登場。雖然得到「鬧好可愛」的好評，但他是男生（不是偽娘）。

要怎樣提升主角的「女主角力」？這是本系列的課題。但我自己認為沒有「女主角力」的女性主角也挺有趣的。

本外傳系列和正傳系列一樣，也由石田可奈大人繪製插圖。感謝您百忙之中接下這份工作。

此外，在本作品問世過程費盡心力的M木社長、M山大人、N島大人、K上社長，也請容我借用這裡表達感謝之意。

而且最重要的，要向陪同走到這裡的各位讀者致上誠摯的謝意。

謝謝大家。

希望在第二集也能像這樣見到各位。

（佐島 勤）

## 被虐的諾艾兒 1 待續

Kadokawa Fantastic Novels

作者：諸口正巳　原作、插畫：カナヲ

**「我大惡魔卡隆已聽取妳的願望，**
**這項契約將在妳完成復仇的瞬間終止──」**

名門千金諾艾兒・切爾奎帝隨時隨地都必須位居第一，挑戰鋼琴比賽卻輸給了友人。失意的她受到市長巴洛斯教唆而召喚惡魔，卻被奪去手腳才終於發現自己遭到欺騙；而大惡魔卡隆也對自己被巴洛斯利用一事感到憤怒，於是建議她向巴洛斯復仇──

**NT$230/HK$77**

# 打工吧！魔王大人 1~19 待續

Kadokawa Fantastic Novels

作者：和ヶ原聡司　插畫：029

## 鈴乃升任六大神官並將與魔王軍交戰!?
## 艾契斯出現嚴重異常忙壞眾人！

鈴乃將成為教會地位最高的六大神官之一，這樣下去會和率領魔王軍的蘆屋交戰。沉重的壓力與對未來的不安，讓鈴乃變得意志消沉。此時艾契斯不知為何突然身體不舒服？鈴乃與千穗在忙著應付這件事時，重新認知到自己對魔王的感情……

各 NT$200~240／HK$55~75

## 在大國開外掛，輕鬆征服異世界！ 1~2 待續

Kadokawa Fantastic Novels

作者：櫂末高彰　插畫：三上ミカ

**冒牌國王常信又得再次祭出人海戰術，**
**擊退胡思亂想的女孩們！**

為了救出風姬，其餘的七勇神姬挺身而出！「你把她變成階下囚，對她這樣那樣，甚至連那種事都做了……？她可是一國公主！你居然做出那種事……你這個不知廉恥的邪惡皇帝！」「……（我又沒怎樣）」。在大國開外掛的異世界生活第二幕！

**NT$220/HK$68~73**

# 交叉連結 1~2 待續

Kadokawa Fantastic Novels

作者：久追遥希　插畫：konomi（きのこのみ）

**為拯救春風的姊姊，挑戰毫無通關希望的地下遊戲！**
**超正統遊戲小說第二彈──**

夕凪成功拯救了電腦神姬春風後，此時斯費爾寄來新的地下遊戲「七名被選中的特級玩家互相爭奪龐大點數」的邀請函。等待再度踏進地下遊戲的夕凪的，是強制與電腦神姬鈴夏「互換身體」，且關鍵的鈴夏完全沒打算通關遊戲的這種確定敗北的狀況──

各 **NT$220/HK$68~73**

## 從零開始的魔法書 1~11（完）

Kadokawa Fantastic Novels

作者：虎走かける　插畫：しずまよしのり

**這世上既有「魔術」也有「魔法」，**
**還有一個墮獸人與魔女共存的村莊──**

克服了在北方祭壇遭遇的難關，傭兵與零回到本已化作廢村的故鄉。他如願開了一間酒館，並與成為占卜師的零還有志願前來的村民們一起復興村莊──不只零與傭兵的新生活點滴，還特別收錄了三篇稀有短篇。系列作特別篇在此登場！

各 **NT$180~240/HK$55~75**

國家圖書館出版品預行編目資料

魔法科高中的劣等生：司波達也暗殺計畫 / 佐島勤作 ; 哈泥蛙譯. -- 初版. -- 臺北市：臺灣角川, 2019.10-

冊；　公分

譯自：魔法科高校の劣等生：司波達也暗殺計画

ISBN 978-957-743-302-2(第1冊：平裝)

861.57　　108014004

Kadokawa
Fantastic
Novels

# 魔法科高中的劣等生 司波達也暗殺計畫 1

（原著名：魔法科高校の劣等生 司波達也暗殺計画1）

2019年10月17日 初版第1刷發行

作　者：佐島 勤
插　畫：石田可奈
日版設計：BEE-PEE
譯　者：哈泥蛙

發行人：岩崎剛人
總經理：楊淑媄
資深總監：許嘉鴻
總編輯：蔡佩芬
編　輯：吳欣怡
美術設計：黃永漢
印　務：李明修（主任）、張加恩（主任）、張凱棋

發行所：台灣角川股份有限公司
地　址：105台北市光復北路11巷44號5樓
電　話：（02）2747-2433
傳　真：（02）2747-2558
網　址：http://www.kadokawa.com.tw
劃撥帳戶：台灣角川股份有限公司
劃撥帳號：19487412
法律顧問：有澤法律事務所
製　版：尚騰印刷事業有限公司
ISBN：978-957-743-302-2



---

*The irregular at magic high school*

9789577433022
台灣角川
定價：NT$220/HK$73
譯者：哈泥蛙

## 佐島 勤

西元19××年出生於日本的某偏遠鄉村。少年時代的精神糧食是各國的太空歌劇作品，青年時代轉為奇幻與傳奇小說。畢業之後，以企業戰士的身分（不過是小兵）將靈魂出賣給現實世界，但西元2011年成為了遲來的少年小說作家，成功回歸空想世界。（本簡介包含虛偽與誇張表現）

【Kadokawa Fantastic Novels】
魔法科高中的劣等生 1～26
魔法科高中的劣等生 SS
魔法科高中的劣等生 司波達也暗殺計畫 1
機動防衛者Dowl Masters 1～4

---

## 插畫：石田可奈

西元19××年出生，首度擔任插畫繪製，主業是動畫師。動畫《我的妹妹哪有這麼可愛！》總作畫監督。也在《魔法科高中的劣等生》擔任角色設計與總作畫監督。

Special Thanks：ジミー・ストーン。

*The irregular at magic high school*